种心居主人

一个城市农夫的周记

给心放个假

北京师范大学出版集团
BEIJING NORMAL UNIVERSITY PUBLISHING GROUP
北京师范大学出版社

图书在版编目（CIP）数据

给心放个假／种心居主人著．—北京：北京师范大学出版社，2016.2

ISBN 978-7-303-19700-2

Ⅰ．①给… Ⅱ．①种… Ⅲ．①随笔－作品集－中国－当代 Ⅳ．① I267.1

中国版本图书馆 CIP 数据核字（2015）第 259627 号

营 销 中 心 电 话　010-58805072 58807651
北师大出版社学术著作与大众读物分社　http://xueda.bnup.com

GEIXINFANGGEJIA

出版发行：北京师范大学出版社 www.bnup.com
　　　　　北京市海淀区新街口外大街 19 号
　　　　　邮政编码：100875
印　　刷：鸿博昊天科技有限公司
经　　销：全国新华书店
开　　本：890mm×1240mm　1/32
印　　张：5.5
字　　数：120千字
版　　次：2016 年 2 月第 1 版
印　　次：2016 年 2 月第 1 次印刷
定　　价：35.00 元

策划编辑：刘　冬　　　　责任编辑：陶　虹
美术编辑：袁　麟　　　　装帧设计：王　远
责任校对：陈　民　　　　责任印制：马　洁

写在前面的话

当个农民不是所有人的理想。但是，每个人心里都有深深的乡土情节和田园心愿。客观上，为了生活而当农民是沉重的，如果为了体验就另当别论了。从2014年3月份起，我和夫人在郊区租了个占地1亩的农业大棚，周末过起了农夫生活，实现了小小农庄梦。个中乐趣难以言表，只有自己能深深地体味。

从此，有了一份轻松的挂念。平日里时常会想起，自己在那块土地上播了种。有播种就有希望，有播种必有收获。想着小苗长高了没有，想着小苗干渴了没有，想着它开花了没有。

从此，有了一项持久的锻炼。平日正经八百地锻炼身体，大多坚持不了多久，总觉得是一项不愿完成的任务。到了农庄就不一样了，挥起锄头一干就是一上午，浑然不觉得累，时光也过得飞快。每次，都出上几身透汗，浑身舒展极了。夫人年初在城里咳嗽得厉害，去农庄劳动几次后再也不闻咳嗽声，整个人精神状态也好多了。

从此，有了一个绿色的娱乐。我和夫人商定，不把种地当负担，能种出啥来不重要，重要的是娱乐身心，把这个小农庄当个玩具吧。于是，我们在种地之余，也精心布置和装饰一间工作房，弄了个阳光棚子，尽享劳动间隙的放松。

其实，幸福生活不需要太复杂。

目 录

二十四节气歌

春季篇

夏

秋季篇

冬

后记

二十四节气歌

春雨惊春清谷天，夏满芒夏暑相连

秋处露秋寒霜降，冬雪雪冬小大寒

每月两节不变更，最多相差一两天

上半年来六廿一，下半年是八廿三

春：立春，雨：雨水，惊：惊蛰，春：春分，清：清明，谷：谷雨。

夏：立夏，满：小满，芒：芒种，夏：夏至，暑相连：小暑和大暑。

秋：立秋，处：处暑，露：白露，秋：秋分，寒：寒露；降，霜降。

冬：立冬，雪：小雪，雪：大雪，冬：冬至，小大寒：小寒、大寒。

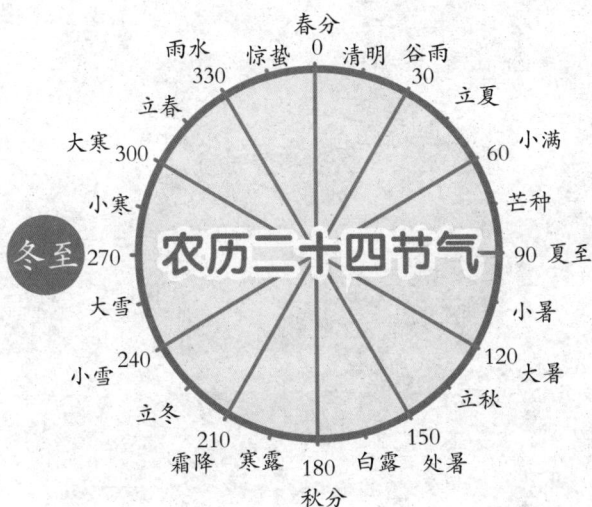

春

春季篇

立春　雨水　惊蛰
春分　清明　谷雨

给心放个假

老房情结

在每个人的心中，都有一个老家。具体的载体，恐怕就是老房子了。老房子再破旧，也寄托着浓浓的情。在对老家的思忆中，老房时常出现在梦中。

记忆中东北老家的房子。院子很大，中间一条小道一分为二。西侧的园子主要栽种的是各种果树，有杏树、桃树、海棠树等。东侧的园子主要种各种蔬菜，有茄子、豆角、辣椒、黄瓜、西红柿、小葱、韭菜、大蒜等。

记得在老家时，西园种着一棵老杏树，三棵海棠树，一棵秋果树，还有一棵桃树。每当春季来临，满园的繁花，香气四溢，沁人心脾，如梦如幻。五颜六色的小鸟在枝头跳来跳去，发出各种鸣叫声。杏子熟得早，夏季便可吃到，桃和海棠要到秋季了。那时没有别的水果吃，从海棠和杏子一开始结果，便偷偷地背着大人摘着吃。没熟的果实很酸很涩，常常要就着玉米饼子吃，搭配起来很不错。没熟的杏仁是软的，那时常常吃掉外皮后，拿着杏仁挤着嗵小朋友，一挤就会冒出一包水，很好玩。

东园的蔬菜能供全家人从春天吃到秋天。春天里吃韭菜、小葱、菠菜等。从园子里直接割下韭菜来，烙韭菜盒子，做鸡蛋炒韭菜，和着春风吃起来，那就是一个香。大人常说，韭菜炒鸡蛋，撑得小狗满地转。小葱沾酱，熬菠菜汤，都鲜嫩得很。接下来，就可以吃黄瓜、茄子、豆角等蔬菜了。拍黄瓜、酱烧茄子、炖豆角，样样都好吃。现在好吃的东西吃多了，吃啥都没有那么香了。

后来，爸妈又在房东侧加盖了两间砖房，加上原来西侧的仓房，还有马房，七八间房子有了。我们家的老房是在原来老房的基础上盖的。记得原来老房是解放前的青砖房，年久失修无法再继续用了。小时候，在院子的四周是又厚又高的夯土墙，在院子的东北角还有一个小炮楼，听老人说是防土匪用的。慢慢的，夯土墙都倒掉了。在房子

的后边，有两棵很粗壮的老榆树，要两个人合围才抱得过来，据说也是解放前种下的。后来，爸妈搬走后，老房子卖掉了，但两棵老榆树没有卖，算留个念想吧。

在北京生活后，常常有找个农家院住住的想法。于是，便和夫人去北京郊区寻过几次。其他地方没感觉，对门头沟区斋堂镇的几个村子情有独钟。爨底下村、灵水村都是备选。这几个村子保留了大量的明清建筑，依山而建，环境幽雅，空气清新。前几年去的时候，游客不多，商业味也不浓。可是渐渐地，爨底下村去的人多了，也开始盖新房了，我们便不想再去了。这几年孩子小，没有往门头沟去。趁十一黄金周期间，开车带上夫人、儿子，一路赶往几年来梦想的灵水村。灵水村也号称举人村，这个村子原来出了很多举人，所以房子修的也都挺讲究的。每年正月里，北京人喜欢带着上学的孩子到村子里来喝粥，图个吉利。记得第一次来时，感觉很震撼，仿佛穿越到了清代，那感受十分特别，我很喜欢。后来又去过一次，这次是第三次去。

一进村口，感觉变了。原来的一些老房子改建成了新房子，味道淡了很多。村中的小巷到处是泥沙砖瓦，村子仿佛成了大工地。找到原来吃过饭的农家院一打听，说是有开发公司开始兴建村子原来就有的十四处寺庙，考虑到即将到来的大量香客，很多人又从城里回村住了，同时也在改建和兴建房子。和四年前来时比，人气大增，几乎家家都有人了。但是，原来的古朴风貌少了，原来的祥和宁静少了，原来的纯朴自然少了，原来的令人喜爱的村子的"魂"不见了。

我，有些失落地离开了。路上一直在想，哪里还能有寄托我这份老房情结的自然古村呢？

5

2014年3月9日，星期日，节气：惊蛰

> （惊蛰：斗指丁。太阳黄经为345°。这个节气意味着天气转暖，春雷开始震响，蛰伏在泥土中的冬眠动物开始苏醒，过冬的虫排出的卵也要开始孵化，也意味着进入了春耕季节。古谚讲：惊蛰过，暖和和，蛤蟆老角唱山歌。古代有祭白虎、打小人的风俗。）

给心灵找个家

建设一个新的家园，精神的家园，就要从今天开始了。

按照夫人收集来的信息，我们来到这个农业大棚租赁地，看在周边是大树林子的份上，就确定在这玩了，也因为实在找不到合适的老房子了。

一切，将从杂草丛生的荒芜开始，将从不平整的地面开始，将从一间毛坯小房开始。

周边是春风尚未吹醒的杨树林，天也蓝得发干，能在这一亩三分地上玩得怎样，尚无法做出判断。

总之，这是一种新的生活方式吧。

新生活总是让人期待的、兴奋的！

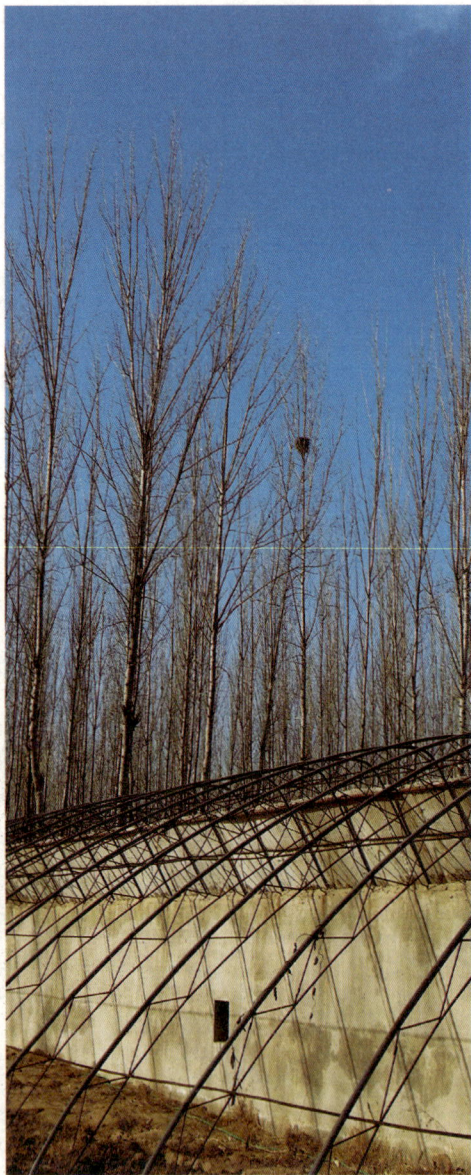

2015年3月8日，星期日，节气：惊蛰

一年后的昨天

今天是3月8日，一个周日，我们又去农庄了。去年，也就是2014年3月8日，是个周六。那时，我们有了去郊区种地的想法。于是，马上行动，3月9日我们去找地，定下来。如此算来，也算是玩了完整的一年了。

近来，《穹顶之下》再次唤起人们对雾霾的高度关注，呼吸新鲜空气已成人们的奢侈愿望。一路上和夫人谈着这事，看着天气。

早上起来便阴沉沉的，雾霾很重。没有阳光

的穹顶之下，雾霾似乎更加肆虐，看这样子今天是见不到蓝天白云了。

到了以后，我们便迅速行动，拉开架势干活。

令我们惊喜的是，一个多月前阳光棚里面长出来的白菜苗还活着，而且有所生长，可谓顽强。于是，我负责给它们浇水，把枯秧败叶整理一番。夫人开始用铁锹翻地，甩开膀子想出身汗，运动运动。

顺势我又把阳光棚外边花坛里的月季和玫瑰剪了枝，松了土，浇了水。把两棵葡萄树和几垄大蒜也灌溉了一下，聊解它们一冬天的饥渴。

其实，这次来的主要任务是翻地，要为全面春耕做准备。在翻地的同时，也希望把原来不太平整的土地梳理平了。同时，把原来的垄种方式改成畦种方式，因为这块地是沙土地，垄种不好保水。

于是，按照事先画好的线条整理。每畦中间留出过道，方便将来田间管理，看起来也好看些。经过和夫

人小一上午的奋战，开出了四畦来，加上年前整理的两畦，已有了六畦平整规范的地块待种了。

我们在翻地，儿子在玩他的玩具，主要是车。间或推着他的塑料推车来以帮忙名义倒个乱。一番躬耕之后，不经意抬头望去，风吹雾霾散，黎谷山似近在眼前。蓝蓝的天空白云飘，白云下面儿子跑。我心想，你这小子多撒点欢吧，在这里吸入的是氧，吐出的是二氧化碳，不像在城里吸入和呼出的差不多一样。

中午吃了面条，休息一下后便和夫人商量起播种的事来。

看这天气，估摸着可以种点东西了。于是，在阳光棚外边的花池里种了些野花，也种了薰衣草。在院子东墙边的花池子里种了冬瓜、南瓜和葫芦。在南墙外边的栅栏里种了葫芦和铁扫帚。夫人和儿子也在松好的地边种了豆角。

　　一番忙活之后，不觉间到了下午三点半。儿子明天要去幼儿园，收拾一下回家了。一路上想着去年的今天，想着这满满的一年，充实而又充满希冀。

柴火

现如今，城里人对柴火是彻底陌生了，连煤都不烧了，也便不知柴火为何物了。小时候在东北老家，柴火可是极其重要的生活资料。

平时烧火做饭离不开柴火，到了冬季柴火更是唯一的取暖来源。那时候，从秋季开始，放学后便要到野外拣柴火。柴火分硬柴火和软柴火。硬柴火是指各种树根、树枝、苞米瓢子、向日葵等作物茬子，软柴火是指各种野草、各种农作物的叶子等。它们各有用途。软柴火用耙子搂回家后用作引柴，给其他柴火助燃。硬柴火用于炖肉、炖玉米楂子粥等。

上小学那时，每年冬天班级生柴火炉子取暖，每个学生都要往班里交柴火。记不太清楚了，大概每人要交十五筐左右的苞米瓢子。如果要交树根的话，可以一筐树根抵两筐苞米瓢子。其他柴火学校不要，没有地方放置，每个班的柴火就码放在教室的前方一角。

为了把家里的苞米瓢子省下来自用，平时小伙伴们就时常结伴去野外刨树根。特别是秋季里，天高云淡，山风习习，三五朋友相约带上锹镐，拿上土筐，找树根去。谁发现的树根归谁挖，挖起来很有成就感，挖着挖着就是一身汗，有时会把外衣脱在一边甩开膀子挖，挖出来以后兴奋得不得了。遇到难挖的树根，往往要求助小伙伴们帮忙，记得一个堂兄时常帮我挖。每次的战利品拿回家后要单独放好，以备学校要求交柴火时一并送去。

有了大家交的柴火，同学们整个冬天都可以暖暖活活地学习了。记得地炉子就搭在教室的靠前方中间位置，先用砖块砌好基本结构，是个方形，中间放好炉箅子，下面的空间存放炉灰，上面的空间燃烧柴火。最上面放上铸铁的一圈一圈的炉盖子，再加上个铁皮烟筒通到室外，这一取暖系统便建成了。

柴火是同学们自己交的，烧炉子的事也要同学们自己干，这在现在看来是不可想象的，这也算是一种实践锻炼吧。那时每个人都要轮流值日烧炉子，轮到谁谁就要早点到学校，先把炉子烧热了，等到同学们到校时教室应该暖和起来了。这种事一直到我上初中还要干。

家里的炉子冬天也是要常烧的。冬季漫漫长夜，一家人围炉而坐，填着柴，取着暖，聊着天，磕着瓜子，不知不觉间便已深夜。有些时候，小孩子们饿了，大人便把土豆扔在炉子里烧，烧得外焦里嫩，香喷喷的，吃起来解饿又解馋。也有时候，把玉米粒放在炉盖子上，用炉铲子不断翻动着，一会儿就能把它们炒熟了，吃起来很有嚼头。

现在，柴火离人们的生活远了，但其珍贵之处愈加显露。如果能吃一顿柴锅饭，那可是件奢侈的事了。

2014年3月22日，星期六，节气：春分

（春分：斗指壬。太阳黄经为0°。春分日是春季90天的中分点，这一天南北两半球昼夜相等，此后太阳直射位置便向北移，北半球昼长夜短。春分是北半球春季的开始，大部分地区越冬作物进入春季生长阶段。农谚讲到，春分种菜，大暑摘瓜。古代有吃春菜、竖蛋等风俗。）

从头开始

农庄，梦中的小农庄，你是什么样了呢？

到后一看，果真有了新进展。按照和租赁公司的约定，把南墙外赠送的一块地用围栏围到了我的院子里，原来没装的铁栅栏也都装好了。房前施工时留下的土坑也都填平了。一切看上去比上次来时顺眼多了，虽然还是有些萧凉。

就这样了，正式开租三十年。如没有特殊变化，将在这玩上三十年了。

想想，三十年后已是一个古稀老人了。人生啊，弹指一挥间。

土鸡蛋

现在，人们常说吃的蔬菜不香了，鸡蛋没有鸡蛋味了，其实是在和二三十年前比。那时候，种菜只用农家肥，基本不上化肥不打农药不喷增熟剂，那是自然长天然熟，所以吃起来香。那时候，鸡都养在农民家里而不是养鸡场，鸡们吃的是杂粮而不是精饲料，广阔天地任其散步而不是待在笼子里，所以下的蛋营养好，吃起来当然有滋味。

生活在当下，能吃上土鸡蛋已是一件奢侈的事。超市里的鸡蛋，只要打上土鸡蛋的标签，价格就可能超过普通鸡蛋几倍。这种情况，一般还真舍不得买。

儿子出生后，总想让他在吃的方面安全营养有保障，于是也就不顾及价格贵而去超市买土鸡蛋了。不过一来二去，便生出一个想法来：要是自己创造条件养几只母鸡生蛋给儿子吃就好了。

这一天终于来了。在涿州父母居住地旁边租了个农家小院，既可以种点菜还可以养养鸡，两全其美。过了2013年禽流感的大潮，妈妈在集市上买了四只母鸡仔，尝试着在院子里养了起来。

很快，这些小鸡仔吃着玉米面长大了。它们偶尔还要偷吃点不上化肥种的蔬菜。突然有一天，其中的一只母鸡下蛋了，但是是个软皮蛋，一连几天都是这样。这下妈妈欢喜了一半又忧起来。后来一分析，可能是小鸡们营养不全导致的。长期关在院子里，院子又弄的很干净，除了吃喂的粮食没有其他丰富营养的渠道了。记得小时候在老家，养的鸡是可以前后院甚至是到很远的地方溜达的，可以捡食很丰富的食物。于是妈妈听从邻居的建议，找来很多鸡蛋皮喂它们吃。结果这招灵验了，软皮蛋变硬了。

攒了一段之后，几只鸡总计下了二十多个鸡蛋，爸爸专程给他孙子我儿子送来了。这些自己养的鸡下的土鸡蛋，比现在市场上的鸡蛋都要小一些，和小时候吃的鸡蛋一样大小。赶紧洗净下锅，给儿子煮了几个。捞出，过一下凉水，剥皮，一股久违了的鸡蛋清香扑鼻而来。让儿子咬上一口，那蛋清，白白的，白如玉；那蛋黄，干黄的，黄如金。我说，这才是鸡蛋嘛！儿子吃了一口赶紧来咬第二口，三口就用他那小嘴把一个鸡蛋给吃掉了。看儿子那美滋滋的样子，我也觉得干了一件美事。

其实，小时候的鸡蛋也不是随便吃的。在农村老家时，鸡蛋有多种用途。首先，攒点鸡蛋卖是家庭零花钱的主要来源，一般家庭的油盐酱醋钱，小孩子的学费等，就是要从鸡身上出的。其次，鸡蛋也是改善伙食的重要原料，奢侈一点可以搞个韭菜炒鸡蛋，节省一点可以做个鸡蛋酱，主要放的是酱，配一两个鸡蛋，借个鸡蛋味也不错。记得那时候，在清明节时才可以多吃点鸡蛋。全家一下子煮一大铁锅鸡蛋，每人都能同时分上好几个。小孩子舍不得吃，往往要藏起来吃上好几天。现在回想起来，那就算是儿时的饕餮盛宴了。

鸡蛋如此多功能，就显出了母鸡的重要了。赵本山的小品中说，下蛋的公鸡，公鸡中的战斗机。其实母鸡才是战斗鸡，它们有顽强的战斗力。通常情况下，很多母鸡能连续产蛋，每天一个，孜孜不倦。在农村，母鸡可是农妇的重要生产工具。那时，常常有农妇因为失去一个母鸡而大哭大闹，更有甚者喝农药的都有。

当一把割草工

这周开始装修。

找了负责物业的小王给我这一亩三分地做装修。小伙子既是物业管理人员，也是负责承揽装修业务的。考虑到各种因素，还是确定由他来装修。这个小伙子本科毕业，学美术的，原来当过中学教师，现在干这个了。他们一家都住在这个院子里，有两个小孩，都是姑娘。他夫人原来也是中学老师，还是硕士毕业，真不容易。通过接触能够感受到，人家生活挺愉快的，这也是一种生活方式吧。其实和我来这里种地是一样的。

　　装修的在屋子里干活，我也不闲着，开始用买来的镰刀割屋外的杂草。草深没人，使我胡乱地想起了一些诗句。城春草木深。风吹草低见牛羊。芳草萋萋鹦鹉洲。总之，草很多很深。

　　很长时间没干过这样的体力活了，挥舞着镰刀一会儿就感到胳膊生疼，大汗淋漓。

　　期间，租赁公司的人过来看，说这活让工人干就可以了，何必自己干呢？

　　我说，这就是乐趣所在。从拓荒开始，一点一点建设一个家园，这才有感觉。

　　但是，真干下来，还是需要恒心和毅力的。中间实在有点干不动了，但经过坚持，最终还是拿下了。万事开头难啊，我这样勉励着自己。

　　当然了，夫人在一旁不时的鼓劲夸奖也起了至关重要的作用。

村边池塘

老家的村子分为四个生产队，每个生产队都有一个池塘，离我家近的池塘在村子的东南角。池塘最初是供农业生产灌溉之用，时间长了，用途便多样起来。

春天来了，冰雪融化了，眼见着一池碧玉化作一潭清秀，一切也都复苏起来。岸边的柳树被滋润得一天一个样，从开始时的微微黄绿，到万条碧绿，用不了几天时间。春江水暖鸭先知，池塘的冰一开始融化，鸭子们便陆续前来戏耍了，欢快地叫个不停。

这时候，也是小伙伴们下夹子打麻雀的最佳时机，因为麻雀会飞来喝水。几个小伙伴约好时间带上鸟夹子齐聚池塘边，用脚把松软的泥土踩出坑，支上夹子，然后从更远处用手捧来干土面，细心地把夹子埋好，只露出虫子在外面。如果不认真下夹子，麻雀是不会上钩的，我们把麻雀也叫作"老家贼"，说明这种鸟智商不低。下好夹子后，大家便开始守株待兔，找一个远远的地方躲起来，通常是躲在暖融融能够晒太阳的墙根。往地上一坐，靠着墙，聊着天，把玩着装虫子的小瓶。这瓶子通常是用过的小药瓶，里面装上玉米面，奢侈的装上白面，在盖子上扎几个小洞用来透气，把扒好的虫子装在里面养着。实在闲着无聊，也会各自拿出最肥的虫子比一比。过一段时间，便会跑到池塘边检查一下夹到麻雀没有。一天下来，大家多少都会有收获，高高兴兴地拿回家扔到灶堂里烧上解解馋。

夏天一到，池塘里的水在太阳的暴晒下也暖起来。农妇们在午后便三五成群地来到池塘边，端着一大盆的衣物来洗。那时候，用的是木制的搓衣板和大块的肥皂，一走近便会闻到肥皂的清香味，小孩子最爱和妈妈一起来玩耍了。通常，大人在岸边洗衣服，小男孩们便脱光光跳入池塘里洗澡嬉闹。顽皮的甚至还爬上岸边的柳树，从树上往池塘里跳水。现在想来，那池塘的水并不深，也就一米左右，但对孩子来说，也算得上一方天地了。一个猛子下去，一个狗刨起来，脸上满是池塘底黑黑的淤泥，要赶紧用手捧起池塘水洗一下，即便如此，大家也乐此不疲。

立秋以后，池塘里的水变凉了，水性也发生了变化，不适合洗澡了。这时候如果再跳进去洗澡，浑身会长出痒痒的包来，很是难受。这时的池塘，属于鸭群和鹅群的了，它们在草甸子上吃饱以后，便成群结队地来池塘里游泳，悠然自得地清洗着羽毛，晒着各自不同的美丽。傍晚，池塘静下来。从田里劳作一天的农人纷纷往家走，路过池塘都要清洗一下手上的泥土和劳动工具，这时疲惫便会减轻不少，想

着家里热腾腾香喷喷的饭菜，脚步也变得轻快起来。太阳落下去了，天还带着亮，这时候路过池塘，可以感受它静静的美。整个池塘没有一丝涟漪，白天的喧闹被深深地埋在了水下。它像一面镜子，能照出路人的倒影。它像一个腼腆的小姑娘，欲语还休。

东北的冬天很冷，从温度降到零下池塘便开始结冰了，渐渐地，便会封死。小伙伴们开始准备冰上运动了。在上面划冰车，打冰猴，有的时候还会开辟一条专门的冰道用来打"秃撸滑"，其实就是助跑以后在冰上直接用棉鞋滑，不亦乐乎。快到春节时，家家都要杀年猪。那时候农村没有冰箱，就要到池塘里取些冰用来冻肉，一冬天这些冰都不化。

都说一方水土养育一方人，村边的池塘，曾经融入农村人的生活，养育了一代代村中的儿童。它，时常出现在我的梦里，永远停留在我的记忆中。

2014年4月13日，星期日，节气：清明

（清明：斗指丁。太阳黄经为15°。此时气候清爽温暖，草木开始发出新的枝芽，农民开始春耕春种。古时候，在清明节这一天家家都要在门口插上杨柳条，还要到郊外踏青，祭扫坟墓，怀念先人。古代有扫墓、踏青、荡秋千、插柳等风俗。）

我的园子我浇水

春的气息弥漫在京城空气中，让人蠢蠢欲动。今天，装修人员通知大棚装修好了。

我和夫人把早已买好的农具、水桶及各种种子装上车，驱车直奔我们的农庄而去。一路上各种畅想，各种计划。

院子外边的二月兰在欢天喜地盛开着，这才是郊外的春天。

　　到后一看，果然有了模样。原来的小房刷好了白墙，地面用水泥抹平了。房子外边挨着搭出四十多平米的阳光棚。在大门入口处铺好了渗水砖，在墙根处留出了小花池。一切还真像回事了。

　　今天就是好日子。于是，我和夫人开始种上了几株玫瑰花，这是物业送的。夫人还把带来的几株竹子栽上了，不可居无竹嘛。

　　同时，我们也在大棚的地里刨出土沟，种上了南瓜、花生、冬瓜、豆角等。

　　种下了一堆的希望，期待着未来的收获。

2014年4月19日，星期六，节气：清明

备耕生产

地，是要翻过才好种的。于是决定这周把外边的地翻一下。

电话叫来村里的拖拉机，200元翻一次。这哥们翻着翻着发现拖拉机漏油了，原来是地里的一大块施工时留下的水泥垫的。200元还要修车，哥们估计亏了。夫人很不忍心。

　　儿子这次跟着来了，见到拖拉机兴奋得很，吵着要坐一下。司机师傅很爽快地答应了。儿子坐上去之后美得不行，不愿意下来。而且还要和妈妈摆Pose合影。

　　送走翻地师傅，儿子在翻过的土地上玩起来。这可是他第一次直接和土地亲密接触。看到我用耙子平地，他也要抢过来试一下，那姿势还真有几分专业啊！

2014年4月27日，星期日，节气：谷雨

（谷雨：斗指癸。太阳黄经为30°。这时候雨水滋润大地，五谷开始生长，所以，谷雨也有"雨生百谷"的意思。古谚说"谷雨前后，种瓜种豆"。古代有"禁蝎"等风俗。）

种下的是希望

这周过来一看，栽种的东西有了新变化。玫瑰花都活了，并且吐出新绿。种的豆角长出好几片叶子，令人兴奋。这可是我们亲手栽种下的。赶紧接上水管，给这些小苗浇水。

今天还有一个任务，就是把栅栏外赠送的地块平整一下。因为拖拉机进不去，只能人工作业了。

夫人对干这个活很积极，十分细致地工作着。那劲头，感觉不是在伺候地，是在伺候孩子。

经过一上午的奋战，总体上我们把这一条地弄平整了。临近中午，我们也饿了。一商量，杀奔密云县城，吃一顿大餐慰劳一下自己。

到了密云县城，找了一家不错的简餐咖啡馆，干净又时尚。点了几个菜，要了点米饭，吃得很香。饭后，我要了杯咖啡，夫人就地上起网来。这就实现了农人到城里人的转换，感觉不错。

午后的密云县城，窗外静静的，绿意浓浓，甚是祥和。

夏季篇

立夏　小满　芒种
夏至　小暑　大暑

2014年5月11日，星期日，节气：立夏

（立夏：斗指东南。太阳黄经为45°。这是夏季的开始，气温显著升高，天气逐渐炎热起来，雷雨增多，农作物开始进入生长旺季。古代有买红花、尝新、斗蛋等风俗。）

亲近土地

这周约了几家人一起栽土豆。

事先在家做了一些准备。买了去年的老土豆，用刀子掰出牙块来，然后放在阳台上晒了几天。这不，今天就要庄重地把它们栽到地里了。

来的几家人里面，多数是没有干过农活的。我首先给大家示范怎样开沟，其他人依次学习操作起来。

不要小看在松软的土地上开沟的动作，要想操作成深浅一致，前后顺直并不容易。有的同志把沟刨得越来越深，感觉是要将土豆藏起来，让它们永不见天日。有的同志把沟刨得越来越歪，好像和另一条垄沟有仇似的。

小雨中，大家兴致勃勃地围观着，孩子们也跟着起哄。小一点的孩子胡乱地搞破坏，大一点的孩子抢着试一试，好奇地把土豆栽下去，打听着啥时候能收获。

在城市的水泥森林里待得时间长，来到森林之中的田地里，和土地亲密地接触一下，舒活一下筋骨，呼吸一下高质量的空气，种下一片希望，大家都觉得很新鲜！

捕鸟是技术活儿

每当春暖花开，南方的候鸟就要陆续飞向北方。迁徙，是候鸟的一种生命形式。

小时候，最盼着春天了。春天来了，春姑娘的脚步近了。小河里的冰融化了，小草发芽了，果树开花了。那浓浓的春意，还是以东北为最。

随着春天的来临，天气渐渐转暖。小孩子们脱去了冬天沉重的棉袄棉裤，换上了单衣单裤，尽情地在村外的草甸子上奔跑。呼吸着有点凉、有点暖的空气，仿佛整个人儿都复苏了。草地猛地看上去仍然是黄色的，但仔细一瞧已微微泛绿。柳树枝昨天还是硬的，但借着午后的暖阳，今天就黄绿发软起来，过不了几天，可能就是万条垂下绿丝绦了。海棠树和杏树傍晚看还含苞待放，早上一起来便光荣绽放了。挡不住的生命律动，压不住的春天气息。

渐渐地，树上开始有各种各样的南方飞来的候鸟了。叫声多样，颜色不同。最早来的一种鸟叫"柳树叶子"，个头很小，长着跟柳树叶子一样颜色的羽毛，藏在柳树上很难发现。接着有"红颏""黄颏"，下巴颏的羽毛分别是红色和黄色。还有"五色颏"，下巴颏有五种颜色。还有"三道杠"，额头上有三种颜色。还有"青头"，额头是青色的。还有"大菜鸡""地麻遛""胡扒喇""鹌鹑""树遛子"等。

这时候，小伙伴们便按耐不住了。大家从房梁上取下尘封了一年的鸟夹子，做一次全方位的检修。掰开夹子试一下弹力，试着支一下夹子，支绳、销管完好，一切OK了。每当这些日子里，总是人在课堂，心在郊野，看着老师，想着捕鸟。

一到下午放学，迅即约上三五好友，直奔村外的小树林。哪里有鸟哪里没有是要靠经验判断的，这首先表现为对环境的认知。到达目的地后，先是遛鸟。大家胡乱地吹着口哨，目视着前方，寻找着鸟儿的踪迹。一旦发现有鸟在树上或地下觅食，大家便安静下来，然后估计好距离，从两侧绕道包抄到鸟的前面。大家各自找有力方位，火速下夹子。这时候的夹子，早已在销管上夹好了玉米虫。根据鸟的种类，决定下夹子的方式。比如大菜鸡，就要用夹子刮出一个土坑，把夹子下在坑边的土包上，要下得陡一些，因为这种鸟体大智商低，见到虫子就用嘴直接触上去。再比如三道子，就必须把夹子都埋起来，只露出虫子在外边，而且最好埋得与地面齐平。说起来这可是技术活，有一套经验和规律要遵循。

下好夹子后，大家又迅速按原路返回最初的位置，然后又小心翼翼地遛鸟，查找鸟儿的最新方位。找到鸟后，要把鸟往夹子方向遛。这也有技巧，不同的鸟遛法不同。大菜鸡大声吹口哨遛，它会向前走直线。三道子要轻轻地吹口哨，温柔地向前遛，如果它心情不好，随时会向两侧跑，甚至会飞走。就这样，人鸟斗智斗勇，鸟被遛到下夹子的地方，便停止遛鸟了，大家静静地等着鸟儿啄虫，行内术语叫"叨了"。有的时候能发现鸟儿叨虫，有的时候发现不到。主要看冒土烟，因为夹子被鸟啄虫以后会合上，术语叫"翻了"，会崩起一股土烟，这是最令大家兴奋的时候，因为十有八九能捕到鸟。往往这时候，其他的鸟儿一哄而飞了，小伙伴们不用命令齐刷刷地飞跑向自己的夹子，检查胜利成果。有的时候几个人都能有收获，有的时候一枝独秀。也有打冒的时候，虫被叨了，鸟没夹住，大家空欢喜一场。

捕鸟，可以说是智力和体力相结合，战略和战术都有要求的游戏，一般人玩不明白。那时候，有太多的乐趣在捕鸟上。童年的记忆，充满了捕鸟的乐趣。可是现在，据说农村的孩子们都不会捕鸟了，因为候鸟越来越少了，现在的孩子再也没有那样的乐趣了。更何况，现在也难以找到引诱鸟儿的虫子了，因为玉米从种下起便会用农药，玉米秆里已不生虫子了。

捕鸟，有乐趣。但如果让我穿越回童年，我决定再也不捕鸟了。让鸟儿自由地飞、自由地叫，我们欣赏便够了。

2014年5月18日，星期日，节气：立夏

已是生机满园

有耕种就有收获。这次来一看，所有种下的种子几乎都出苗了。

玉米苗嫩绿嫩绿的，南瓜秧已经呈现墨绿色，花生苗也不甘示弱。栽下的薄荷也活过来了，豆角居然开出了花。

地里的小野花也在绽放，让人充满了希望，给人以不经意的快乐。

夫人这次主要是想捡干净地里的石头，还真是按庄稼人的标准严格要求自己。她把脑袋用毛巾围上，怕晒中暑了，蹲在那里

搞扫荡式清理。她说，摸着自己的土地，觉得亲切、踏实。

　　我把前期带来的木料拿出来，备好钉子和锤子，简单地钉了个户外桌子，倒也自然朴素。只是，看上去还有些简陋粗糙。我想，就放在露天下，让风霜雨露的大自然去雕琢它吧。

2014年5月25日，星期日，节气：小满

（小满：斗指甲。太阳黄经为60°。从这时开始，大麦、冬小麦等作物开始结穗，籽粒饱满，但尚未成熟，故而称"小满"。古代有吃苦菜、抢水等习俗。）

这里是儿童乐园

向日葵又长高了，原来秃秃的土地上窜出一些嫩嫩的小草。野花也自在地开着，好似不须人赏。

这次来的任务重点是布置房间。在网上买了一些贴画，主要是符合儿童特点的。有量身高的小朋友头像，还有一些其他的卡通形象。

　　顺便，我们把儿子的玩具也带来一些。特意在地里给儿子支起了赛车轨道，这才接地气呢。

　　我把上次过来照的照片让夫人打印出来，这次把他们顺次贴到了阳光棚的西墙上，以展示农庄的变化。

　　小苗要喝水，这次把院子整个浇了一遍。儿子也抢着浇，拿着水管子有模有样的，地道小农夫。

　　在这里，既要使大人找到乐趣，也要让孩子留下童年记忆。这是我们实现理想的试验田，也应是儿子玩乐成长的新空间。

2014年6月8日，星期日，节气：芒种

（芒种：北斗指向巳。太阳黄经为75°。这时适合播种有芒的谷类作物，如晚谷、黍、稷等,过了这个时间再种有芒作物就不易成熟。古代有过端午节、送花神、煮梅等风俗。）

陋室也要装饰

这次是我自己只身前来。本来是要等夫人一同过来的，可是我急于把这个空间装饰起来，让它尽快成为我们的乐园。

我给自己设定的主要任务是安装定制的风景窗帘，安装挡苍蝇的门帘，再挂几幅装饰画，让这个郊外度假屋生活起来。

43

这些富有挑战性的活一人干完之后，又给小苗们浇了浇水。他们长得真快，向日葵已经蹿得很高了。一些野生的浆果类植物也苗壮成长，期待着早日能尝到果实。

　　干完活，天阴下来，我赶紧驱车往城里赶。车到潮白河大桥上，远处黑黢黢的山，天空水墨画般的云，辽阔的潮白河河床，倒也十分美。这美，有野味不多见，令人心胸开阔。

鲫鱼

东北雨水少，应该说不盛产鱼。想要吃鱼不是一件容易的事，特别是20世纪七八十年代。

那时候，我正在东北老家上小学。夏天一阵滂沱大雨过后，我们一帮小孩子便到村头的草甸子上玩耍，到引水渠里捉蛤蟆。一次暴雨过后，和小伙伴们去草甸子上放鹅。忽然有人大喊，"有鱼！"我们一帮人一下子围拢到水渠边。这条水渠的那一头连接着外婆家附近的水泡子，如果有鱼也是从那水泡子逆流而来的。于是，一帮伙伴挽起裤腿，兴奋异常地跳到沟渠里摸起鱼来。说实在的，摸蛤蟆有经验，摸鱼还真是不擅长。在水里一阵乱摸之后，两手空空无收获。

就在这时，母亲出现在我们身边，是来叫我和弟弟回家吃饭的。听到我们说沟里有鱼，母亲也挽起裤脚下水摸起来。

听母亲说，她小时候是在河沟里抓过鱼的。母亲出嫁前，在生产队里也是劳动能手，当过妇女队长。只几个来回，一条活蹦乱跳的小鲫鱼就被母亲逮了上来。鱼呀，那可是难得的荤腥啊！再继续抓，我们大家顿时群情振奋，一定要摸几斤鱼上来。

可是，又摸了好半天也空无收获，全场就母亲捉了一条鱼。捧着这条鱼，我们略带遗憾地回家了，洗净收拾之后，放到菜锅里一并炖上了。至于那条鱼是啥味道，至今已不记得。但是，母亲亲自下水帮我们逮了一条鱼，成为我时常回想起的童年镜头。

忆起在老家那时候，最高兴的是听到卖鱼的吆喝。"新鲜鱼啦！"小孩子们耳朵会长出小脚来，闹着让大人买几斤鱼解解馋。那时主要是鲫鱼，活蹦乱跳又新鲜，而且是纯野生的，买回来收拾好后放到大铁锅里烧着柴草酱炖，越炖越入味，越炖越软糯，炖出的鱼甜香极了。

那时候，到过春节时家里才会集中买上几十斤冻鱼，放在冰块里保鲜着，正月里慢慢地吃。记得上初中时，家里过春节买了很便宜的朝鲜鱼，几毛钱一斤，吃起来有点像现在的鳕鱼，鱼肉呈蒜瓣状，因为不舍得放油，做出来腥味很大。但即便如此，这也是鱼肉啊，没有鲫鱼好吃也比没有吃的强。

上高中、大学吃不到家里的鱼了，食堂里有鱼卖，一是价格贵，再说也不好吃，所以吃的也少。后来，我和夫人在大学里谈恋爱时，我请她吃第一顿饭时，点了一条红烧鲤鱼，大概花了五十元左右，基本是一个月的伙食费。为此，夫人现在每每提起，还感动加激动。

我大学毕业后，在学校住过一段时间。那时夫人还没毕业，我们就在宿舍里用电炉子炖鲫鱼吃。记得每次买上两条鲫鱼，弄干净后放入不锈钢盆里，放到电炉子上，慢慢地炖，再放入点青菜，美美地解决一餐。后来结婚有了自己的房子，偶尔也自己做鱼吃，但都印象不深了。

父母从东北过来的这些年，我们去看父母必吃鱼，炖鱼是母亲做饭的保留节目，还是那样的好吃。

其实，父亲是对吃鱼情有独钟的，只要吃鱼，别的菜都可以不吃。前些日子，父亲带来了弟弟自己钓的鱼，大大小小的有二、三斤。我当时埋怨父亲为啥不留着自己吃，他说这是野生的，给孙子吃吧。

趁着新鲜劲，夫人拿出几条给儿子炖上了，白白的鱼汤和我们在学校宿舍里炖的一样。而那小鲫鱼，长得也像母亲当年在河沟里帮我们捉的。

2014年6月15日，星期日，节气：芒种

想做渔夫的农夫

　　这周我们准备先到潮白河里捞点鱼，于是带着儿子沿着河床上的小溪流巡视一遍。果然有收获，抓了几条小蝌蚪和小鱼苗。想着要有容器装，到了农庄后我又开车去村里买了一口中型的缸，花了八十元钱。回来后装满水，把小动物们倒了进去，他们找到了新家，畅快地游着。儿子也很愉快地和他们玩起来。

夫人负责把落花生地里的草除掉，儿子也拿着小锄头赶来凑热闹。就是要让儿子深切地领会到"谁知盘中餐、粒粒皆辛苦"。

稍后，儿子又用他的玩具卡车运起土来，那神态相当地认真，脸上都沾满泥水还浑然不知。小时候，我们天天都这样。可是，这对于生长在大城市的儿子而言，是多么难得啊！

　　向日葵又长高了，期待着你早日开花，满园灿烂。

二斤泥鳅

　　泥鳅长得黑，熬出来的汤可是白白的。妻子经常向我忆起她小时候喝的泥鳅汤，用牙叼着熬透了的泥鳅头，用筷子从头到尾一撸，鲜嫩的泥鳅肉便被剥下来了，吃肉喝汤煞是美。

　　在东北老家，泥鳅主要是用来炖的，酱炖的那种，最好炖到最后把汤熬干，大铁锅底下略微有些糊，那时候泥鳅的香味四溢，很馋人。我爱吃带着锅巴的炖泥鳅，有口感，又入味，非常下饭。在我小时候，泥鳅和其他种类的鱼相比，价格算是实惠的，所以家里吃泥鳅相对多一些。可是后来，不知从何时起，泥鳅的价格越来越高了。我想了一下，可能是泥鳅养殖的少，也不太适宜养殖，其他鱼养殖的多，作为自然生长的就贵些吧。

　　儿子出生后，间或也给他熬点泥鳅汤喝。但是发现市场上也有喂激素长大的泥鳅了，不敢把这种给儿子吃。爸爸心疼孙子，时常还想着这事，惦记着给儿子买野生的泥鳅。今年中秋节带着刚上幼儿园的儿子去看爸爸妈妈，老爸早就备好了野生泥鳅，二斤，说是要给儿子带回来熬汤喝。

　　我知道，爸爸也爱吃泥鳅，只是现在价格高了，他不太舍得吃。这年头，野生的、天然的、有机的就是好东西，看着金贵吃起来香，最主要的是给孩子吃放心。

　　临走时，爸爸专门找个塑料箱子，装上水，把泥鳅放在里面。怕泥鳅跑出来，还盖上盖子，扣上扣子。送我们下楼时，爸爸在后边走，专门提着这个泥鳅箱子。儿子走在前面，一家人边走边说话。忽然，听到啪的一声响，继而妈妈十分气愤地埋怨道：就拿这点东西还拿不好，为啥非要提着呢？这时，发现水从楼上的台阶淌下来，夹杂着一群群的泥鳅。原来是老爸手里的箱子身盖分离了，箱子掉在地上。泥鳅们脱离箱子，不知是被吓着了还是想着有逃命机会了，借着地面上水的湿滑四下逃窜。

但只见，老妈放下手中的东西，扭转身急跨两步上了台阶，几乎一个趔趄，险些摔倒，直奔地上的泥鳅而去。这些东西是给她孙子的，可不能跑了。我在后边赶紧叫着慢点慢点，不就是点泥鳅嘛，要是摔着了可得不偿失。儿子像是被这突然的情景吓着了，牵着夫人的手一动不动地看着。老爸老妈慌乱而迅速地用手捧着地上的泥鳅往箱子里面装。我也赶紧上楼几步帮忙。

这时，儿子沿着楼梯蹒跚上楼，我不解儿子要干啥。只见儿子直奔老妈而去，伸手去扶老妈，嘴里说着奶奶起来。原来，儿子以为老妈摔倒了半天没有站起来，他走过去帮忙了。这一举动弄得老妈很是感动。

妈妈不停地埋怨着爸爸，我不停地劝着没啥事。妈妈发布命令，地上的泥鳅一个都不能少，必须都捡起来。经过激烈奋战，地上的泥鳅夹杂着泥浆被收回了塑料箱子里。老妈说，拿回楼上重新洗一遍吧。我们就又上了楼。

经过一番清洗，我们带着泥鳅又下楼了。在底层的楼梯又看到两个小泥鳅，爸爸试图要把它们捡起来，我说算了吧，能够逃脱一遍你们的法眼的就将他们放生吧。

回家途中小心翼翼，拿到家里又清洗了几遍。二斤泥鳅分成两份，一半用水养起来，一半准备炖汤。在正式炖汤之前，我用热水先把他们烫晕，然后放入砂锅，切入生姜，倒入料酒，上火开熬。

大火烧开后，泥鳅的香气飘了出来，满屋散开。调成小火再慢慢熬，静等一顿美味。

2014年6月22日，星期日，节气：夏至

（夏至：斗指乙。太阳黄经为90°。这时阳光几乎直射北回归线上空，北半球正午太阳最高。夏至日是北半球白昼最长、黑夜最短的一天，从这一天起，进入炎热季节，各种农作物生长最旺盛。古代有吃凉面的风俗。）

锄禾日当午

院子里已然一派生机，各种花儿争奇斗艳。向日葵骄傲地扬起笑脸，落花生偷偷地开出小黄花，豆角的红花如浓妆般艳丽。各种小野花虽不知名，但个个不甘寂寞，以一种颇具吸引力的清新在诱惑着我的镜头。

院子里的草长势喜人，已经成为了草坪。随步走过，蚂蚱们纷纷跳起。那油绿的"扁担钩"本想给自己弄身保护色，但也无法逃过我的法

眼。拍它难度不大，拍出来很有气质。想想，这样亲近蚂蚱已是二十几年前的事了。

南瓜已经开始爬蔓子了，我用绳子把他们牵起来。按这长势，离接瓜也不远了。白米饭，南瓜汤，想起来就是香。

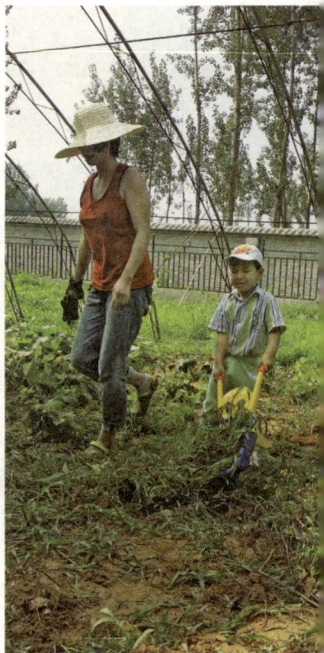

油焖豆角

东北人爱吃豆角，多少年也改不了这口。在北京生活了二十多年，时常想起小时候在东北老家吃的炖豆角，偶尔也下厨做一下。

东北人有时候送礼也送豆角，南方人恐怕难以理解。老家的哥们到北京来就送了我几次豆角。说到吃豆角，感觉到东北人最讲究，在东北老家，吃豆角可是很有"学问"的事。

先说说这种类，小时候东北老家在夏秋季节主打蔬菜是豆角。农民会同时种上不同类别的豆角，能依次从春季吃到秋季。春季最早吃上的是一种叫"老母猪耳朵"的豆角，通常种在农家院墙根上，不用种很多，秧生长得很旺盛，开一种蓝色的小花，一下子能结出很多的豆角，长得特别快。但说实在话，这种豆角适合炒着吃，小时候家里缺油，所以也不怎么吃它，只是把它摘下来切成丝晒干，留作冬天炖着吃，增加一下冬天吃菜的品种。再接下来吃的是一种青豆角，长得很长，产量也很高，只是口感上太水，东北人不爱吃，这种豆角在北京市场上常见。对于这种豆角，东北人只是把它当作过渡菜。然后吃的是一种个头不大的黄白色豆角，顿好后味道很清爽，面中带爽，如能多放点油，那将是好极了。最后就是宽大肥厚的油豆角了，东北人的最爱，这身板像北方汉子。

小时候，放学后要陪着妈妈到田里去摘豆角，最早是拿着箩筐去，后来用玻璃丝袋子了。豆角是要架子支撑的，所以有时候会把豆角种在玉米地里，让豆角的藤蔓傍着玉米生长。摘豆角是个辛苦活，夏天的玉米地里热得很，就像钻进桑拿房，一动就是一身汗。但是，

摘豆角也经常会遇到惊喜。有的时候会遇到一簇熟了的悠悠秧，紫黑紫黑的，十分诱人，摘下一把来放入嘴里又甜又酸，只是吃完后手会被染成紫颜色，不容易洗掉。有的时候会遇到野生的西红柿秧，间或有熟透的西红柿，那可是纯天然自然熟的有机食品，吃上一口回味无穷，多少年以后都会想起。所以，累也就不觉得累了，还是有诱惑的。傍晚，和妈妈满载而归，走在乡间的小路上，一片阴凉，想着回家有油焖豆角吃，肚子不自觉咕咕响起来。

老家的人做豆角讲究炖，铁锅烧柴火炖。先把豆角掐尖掐筋，放入清水洗干净后捞出沥干。将锅烧热，放入一大勺子猪油，用勺子在锅底晃动，把油化开。然后，放入适量的大豆黄酱，把酱炒香后，放入豆角继续炒，把豆角由深绿色炒成鲜绿色，再往锅里填入超过豆角的水，盖上锅盖，大火烧开后，文火慢炖，不用开锅看，最后停火后要盖着锅盖多焖一会。

起锅，香嫩爽滑，入口即化，就着米饭吃真是美，保准撑到你。

2014年6月28日，星期六，节气：夏至

向日葵和青蛙

　　农庄越来越像样了，每次过来都要增加点装饰。这次夫人在网上买了各国国旗，来到后将他们在阳光棚里挂好，装饰效果还真不错，徒增一点国际范。

　　各种作物的生长已经进入了快车道。向日葵疯长，肆无忌惮地

开着花，好像把体内的能量都集中到开花上。落花生也不甘落后，一地翠绿，仿佛要遮盖身下的泥土。南瓜长势最猛，已经爬到了大棚的钢管上，似乎想要跳起钢管舞。在院子里一走，满眼的浓浓绿意。绿色，令人赏心悦目的绿色，真想把它呼进肺里去。

　　小蝌蚪在水缸里欢快地游着，长出了长长的大尾巴。生命就是这样，在不觉间发生着巨变。

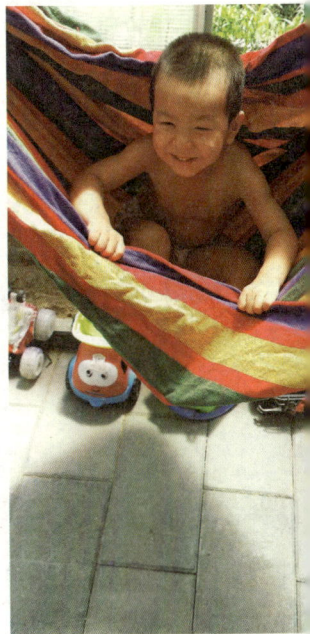

那时我们一起捉青蛙

小蝌蚪找妈妈，他的妈妈就是青蛙。小蝌蚪长大了，他就变成了青蛙王子。这都是教科书或童话书里的故事。现实生活中，青蛙就是青蛙。小时候在农村老家，它就是小朋友们的玩伴。

一放暑假，伙伴们常常邀约着一起捉青蛙。

这是技术活，首先要准备工具。找来一个废弃的自行车辐条，把两边的头用钳子绞掉，留下中间平直部分。再找来磨刀石，把一头磨得尖尖的，要十分锋利才行。再找来笔直的长树枝或高粱秆子，把没磨的一头插入，磨尖的一头露在外面，这样就做成了一个青蛙钎子。

小伙伴们提上钎子，兴冲冲地直奔村外的池塘而去。到池塘边上，先要遛青蛙。从一点出发，分两路人马向两侧沿着池塘边奔跑，边跑边观察有无青蛙跳入水中，最后计算出这个池塘大概有几只青蛙，做到心中有数。如果发现青蛙，大家便会放下钎子，跳进池塘开始用脚搅水，有时天热还会脱去背心裤衩，边洗澡边把水搅浑。然后回到岸上各自操起钎子，把钎子放在池塘里浮在水面上，每个人都弯着腰用手把着钎子的另一头，等待着青蛙浮出水面。

青蛙自己能在水下换气，但是在水浑了的情况下也憋不太久。不同种类的青蛙憋气能力和智商有区别。有一种个头较大、黑白花的青蛙，我们叫它大花鞋，这种青蛙一般较笨，憋气能力差，水一浑很快就从水下浮出来。有一种浑身是绿色的青蛙，我们叫它绿拐子，跳得又高又远，挺能憋气的。还有一种身上有花色，但头部是黄绿色的，我们叫它黄尖子，狡猾得很，憋气时间最长，有时小伙伴们都没有耐心等它浮出水面来。

在等候的过程中，大家都安静得很。只要一发现青蛙露个小头浮出水面换气，谁离得近按照潜规则就由谁去钎它。迅速地调整钎子的方向，用尖尖的一头瞄准青蛙，慢慢地滑动脚下向前走，同时推动着钎子前进。越离青蛙近了，越要小心翼翼，紧张极了。因为一不小心，青蛙就会把头缩回去，不知潜到哪里去了。就这样，全神贯注地靠近、靠近、再靠近，凭感觉可以出手了，会猛地向前推动钎子，迅速刺向青蛙，除了个别时候失手外，多数能如愿刺中。刺中后把钎子抬出水面，高高举起来，回到岸边上，以防青蛙挣脱逃跑。把青蛙从钎子上摘下来，放入事先准备好的玻璃瓶子里，装上一些池塘里的水，青蛙也便安享其中了。

捉住的青蛙，有时会拿回家放在园子里的大水缸中，可以养活很长时间。缸中的青蛙可以在夜晚吃各种昆虫，不愁吃不饱。每到夜深时刻，园子里的青蛙叫个不停，伴我入眠。小伙伴们馋虫来了的时候，也会事先带上几粒食盐，把捉住的青蛙的腿用盐卤上。随手捡点枯草树枝，点上火开烧，肉香味四溢，小伙伴们大快朵颐。不知道这算不算是野外生存训练，反正我的那些小伙伴都具备这样的能力。

记得有一次暑假，到舅舅家去玩，和表哥表弟在他们村边的一条长长的河沟里钎了一天的青蛙，总共收获一百多只，我们称为一百零八将，其中四个最大个头的命名为四大天王。最后把一百多对青蛙腿拿回了家，用盐卤好了，放在大铁锅里干炒，怕大人骂没敢放油，炒得"腥"味四溢，就这样我们也分着把青蛙肉吃掉了，谁让那时候过

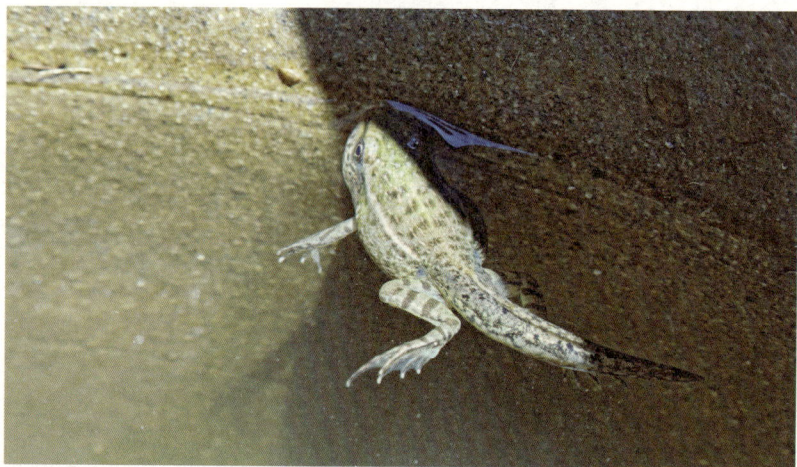

年才能吃上肉呢!

　　不过现在看来,如此方式吃青蛙,实在是奢侈了。因为饭馆里做青蛙这道菜,能吃的肉都会留下来,还要配上其他辅料,没有只吃青蛙后腿的。从另一角度看,青蛙捉害虫,是我们大家应该爱护的动物,在今天更是要强化保护意识,不能乱捉青蛙了。

2014年7月6日，星期日，节气：夏至

初见乳瓜

　　院子里各种花开。豆角花紫得深沉，向日葵黄得不掺水分，小野花颜色极富新意，南瓜花就开在小乳瓜上。

　　草也格外的绿，格外的茂盛。我们的百草园，就这样呈现在眼前。

　　对草地而言，草是风景。对庄稼而言，草就是敌人。

　　南瓜长势格外好，草也借势疯长。夫人提出要把南瓜地里的草拔掉，我们一起干起来。很快见效果，草除地净。肥沃的土地完全属于南瓜秧了。看着干净的地，心情颇好。

　　院子里生长一种开花结果的植物，不知道它的名字。我用剪刀把其中一株剪下来，拿回家做了个插花送给夫人，效果还不错！

2014年7月19日，星期六，节气：小暑

（小暑：斗指辛。太阳黄经为105°。这时天气较热，但还不到最热的时候，故此称小暑。古代有吃饺子、煮鸡蛋及生吃黄瓜等风俗。）

献上我的插花

小农庄，我们梦中的庄园。每次来一定要让它发生一些改变。这次过来，拿来了咖啡壶，拿来了电饭锅。渴了煮杯咖啡，饿了做上一碗面条，就着满意的绿色吃起来格外香，鲜美的空气就是最好的佐料。

在休息室里，我们又做了一点装饰。贴上了带窗户图案的贴纸，贴了一个《小荷》诗画图。挂上一对木雕

泉眼无声惜细流
树阴照水爱晴柔
小荷才露尖尖角
早有蜻蜓立上头

富贵花板，整个气氛立马
不一样了。

　　看着满园的鲜花，我
想出一个主意来，要给夫
人送上一个插花。找来
一个喝过的矿泉水瓶子，
装满水，摘下几朵向日葵
花，再配点草地上的绿
植，一个充满野味的插花
完成了，往桌上一放，那
感觉还真不错。

我种的野花也开出来了，和
向日葵花叫着劲。

当然，南瓜花也毫不示弱，
用小南瓜顶着花和其他花比赛。

2014年7月27日，星期日，节气：大暑

（大暑：斗指丙。太阳黄经为120°。这是一年中最热的节气，雨水多，许多地方经常出现40℃高温天气。古有"小暑、大暑，淹死老鼠"的谚语。古代有晒伏姜、烧伏香等风俗。）

绿豆蛙游泳池

上周从农庄回城，在潮白河桥头碰到了卖充气游泳池的，我们考虑到儿子一定喜欢，便买了一个。

这周来后，先把游泳池充好气，准备让儿子试一下。这不，小家伙积极参与进来了，要往泳池里亲自灌水，而且还搬了一把凳子坐下来了。妈妈怕他晒着了，给他戴上一顶帽子，这小样有点意思。

放好水后，整整晒了一中午。等儿子午睡起来后，让他脱光了进到泳池里游了起来。小家伙美极了，在池子里尽情地扑腾着，找到了自己的快乐天地。

跳跳蛙的泳池，就在浓绿的草地边。天上白云朵朵，旁边绿草青青，这情境太难得。

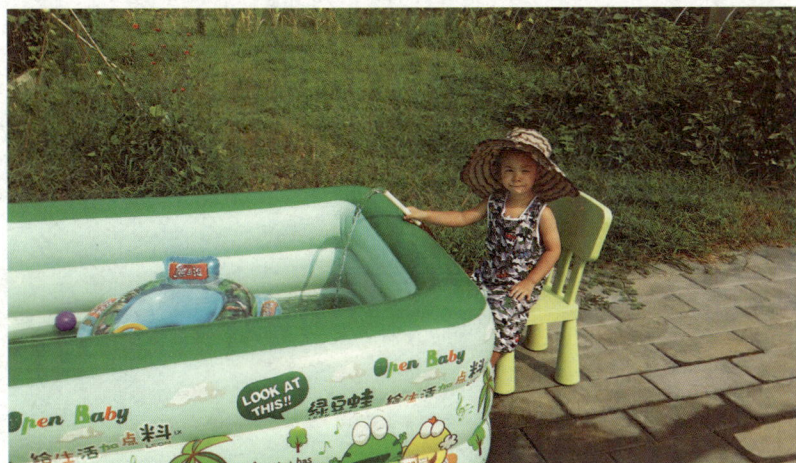

秋季篇

立秋　处暑　白露
秋分　寒露　霜降

给心放个假

2014年8月9日，星期六，节气：立秋

（立秋：斗指西南。太阳黄经为135°。从这时起算是秋天开始，秋高气爽，气温由最热逐渐降下来。古代有摸秋、贴秋膘、啃秋等风俗。）

收获的周末

这周是收获之周。来到农庄后发现玉米已经被黑喜鹊吃得所剩无几了，赶紧把剩余的玉米棒子掰下来，清理一下煮了一锅。在凉棚下吃上一个，那味道那感觉无法形容，一个字"美"。这也算是吃到了劳动果实了。

整理南瓜架子，发现一个南瓜自己从秧子上坠下来了，把它捡起来准备拿回家吃，这可是第一个瓜呀。怕不够吃，又挑大个的摘了一个。

向日葵也熟了，搞几个头回去吃。

到西瓜秧那一检查，发现居然结了个小西瓜，用手一拍，感到还熟了，干脆把它摘下来。这可是儿子最大的心愿之一啊。

　　几株黑悠悠秧也结满了成熟果实，我把它们用镰刀砍下来，夫人细致地把熟了的悠悠摘下来，准备拿回家一并给儿子吃。回到家，儿子很是新奇，吃了一些。但是怕他不适应，没敢让他吃太多，剩余的主要被我美美地吃了，真是童年的滋味。

2014年8月17日，星期日，节气：立秋

谢幕的向日葵

院子里的向日葵还算给力，在经过一阵子怒放后纷纷结满了果实。大概是肥料不足的原因吧，在沉重的大头重压之下，有的秆子被折断了。

　　记得前几周，院子里的农人来看过，说是需要给向日葵的头喷些药，因为生虫子了。当时，我还是执意于要"纯有机"，没有听信他的话。今天趴在向日葵头那观察了一下，果然是生出很多虫子。用手扒下几粒葵花子，放在嘴里试了试，有的可以吃，有的是空瘪的，也有的被虫子咬了。

　　看着无花可看，便把几个大一点的向日葵头摘了下来，堆放在墙根处，倒也营造了收获的氛围。

2014年8月23日，星期六，节气：处暑

（处暑：斗指戊。太阳黄经为150°。这时火热的夏季已经到头，温度开始下降，气候变凉，暑天终止了。古代有放河灯、开渔节、泼水等风俗。）

吃着西瓜画着小画

一周不去农庄，心里就会痒痒的，好像缺了很多东西，浑身不自在。早上，和夫人从父母家赶回来后，安置好孩子便驱车出发了。没带孩子是因为上周去儿子被蚊子咬了个遍，儿子号称有十八个包。

因为出来得晚了点，一路上有些堵车。大约九点多钟，我们沿着潮白河左堤路来到水岸绿洲。

今天没有明确劳动任务，随便找点事干干。我带来两张铁丝网，把大门底部封了一下，防止院子外的几个小狗钻进来。夫人把南瓜地里的草拔了拔。一周不过来，每次都感觉农庄被草占领了，我们过来要先和草战斗。

十点多钟，电话询问JF是否过来，他说他夫人自己过来了。我们离得不远，就约他夫人过来吃西瓜，来时路上买的，农民自己种的，自然熟非常好吃。中午顺便煮了点面条，我们吃起来还挺香的。

午后，院子里逐渐有了树荫，我和夫人把桌子搬到院子里，我吃西瓜，她画起了数字油画。这时节画梵高的向日葵，不太应景。因为院子里的向日葵早已花落籽熟了，但是夫人画得很认真。

我闲着无事，又开出两小畦菜地，把前几周种的白菜间开来栽上了，浇好水，用枯草盖上。菜地，又增加了。

夫人还在画画，我就又挨着原来的菜地再开出一畦地，种上了乌塌菜。哎，播种就是希望啊！

傍晚来临了，一切都静下来。放水后在小游泳池里开始泡澡，洗却一天的汗水与疲劳，感觉美极了。夫人还在画她的向日葵，迷上了。我在院子里闲逛着等她，七点半了，天也黑下来，想儿子了，我们收拾了一下便心怀留恋地开车回城里了。

2014年8月31日，星期日，节气：处暑

就着星星吃烧烤

　　昨日上午带儿子去欢乐谷玩，下午和夫人驱车来农庄，晚上和JF同志相约在农庄烧烤。

　　烧烤架子、果木炭等一应设备早在几个月前就准备好了，这次可算有机会实施了。离城前去了趟超市，除了买些骨肉相连、鸡胗、鸡肉串、鸡翅中等半成品外，还买了小鱼、蚕蛹、玉米、土豆、大蒜、毛豆等。到了农庄，我和夫人分头行动。她负责切洗穿串，我负责支起烧烤架子，弄好烧烤碳，把毛豆放在锅里煮了。

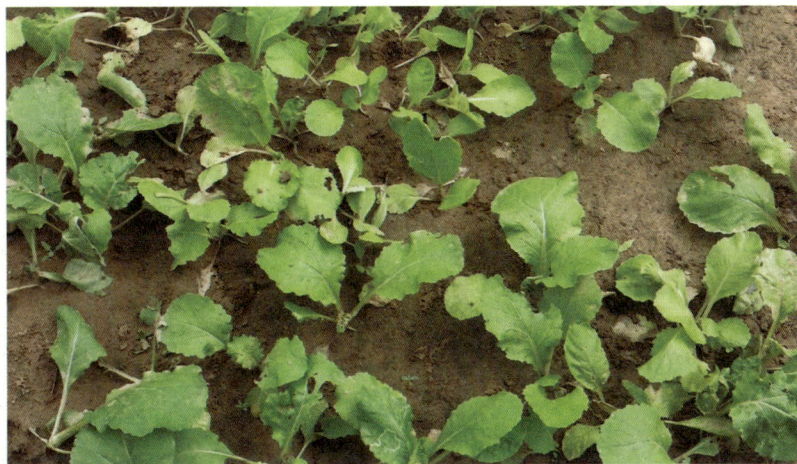

万事俱备，就差JF夫妇到来。

六点四十分，一个电话打过去，说快到了。

开始点火烧碳，将煮好的毛豆端上桌。

一切就在院子中进行，那感觉仿佛回到了童年。

他们一到，已经烤出不少了，期间我已喝了大半瓶啤酒。于是，倒酒，分肉，开喝。

这一夜，开心地畅聊，最后有些醉了。送走JF夫妇，倒床便睡了，几乎是一觉天亮。

清晨，和夫人早早起来，按照先前的计划开始整地除草，把原来不太规整的一个地脚刨出垄来，把前几周种的萝卜和白菜苗间出来移栽上。经过一上午的挥汗如雨，一块漂亮的菜地展现在眼前。这下别人来参观也拿得出手了。

　　和夫人一起吃了半个西瓜，烧水洗了个热水澡，夫人又接着上周画了一会儿画，我给JF他们摘去一个南瓜，收拾一下我们就回城了。这一个周末，又像充了电一样，美美的。

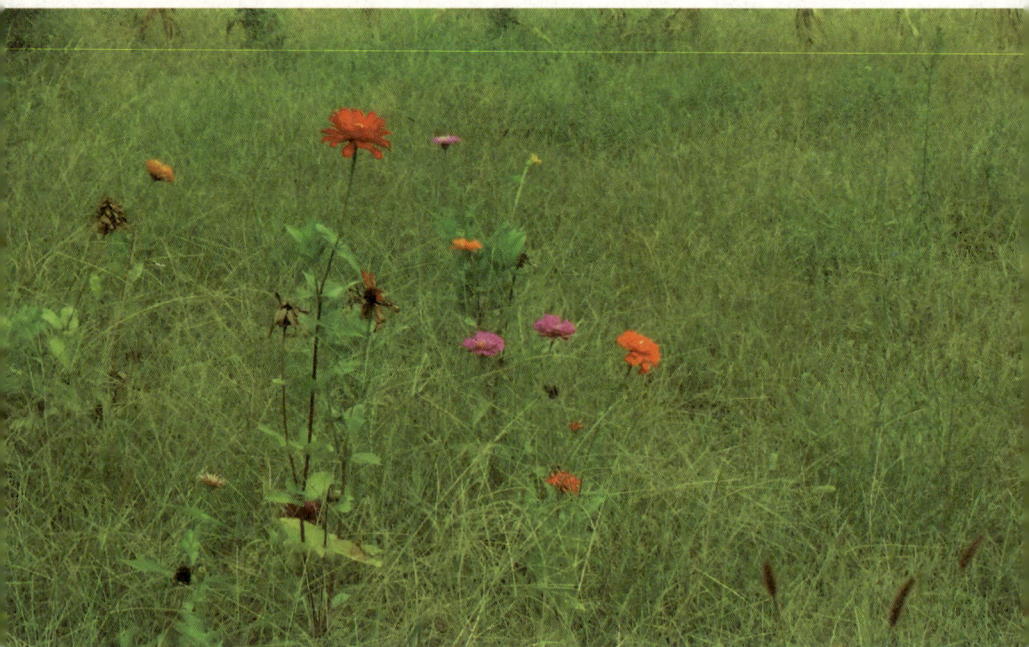

**2014年9月7日，星期日，
节气：处暑**

种的是高兴

儿子跟着来了，先是尽情
地骑车玩，毫不受限。中午，
又在大棚里把游泳池放上水，
疯狂地戏水，大声地喊叫，自
由地扑腾着。

秋黄瓜长势喜人，如此下去
能有收获的希望。远处的南瓜秧
子被野草欺负得发黄，大地的营
养和水分都被野草吸走了。

我和夫人决定解救它们，
甩开膀子把草全拔掉了，把地
翻开，又整出几条垄来。累是
累点，但看到草去地来，也还
是挺有成就感的。

于是，我们继续移栽萝卜
白菜，顺便也是在间苗，这也
使得希望在不断地增加。

看着每一周增加的地块，我和夫人都很兴奋，干起活来十分起劲，有一种开疆拓土的乐趣生出。

种地，不在于一定种出啥来，关键在于过程，在于一种希冀。

东北"姑娘"

此"姑娘"非女孩也，乃是北方的一种植物果实，在东北把它当作水果吃。

每当春天，在自家的院子里，农人们便会种下"姑娘"。这种东西生命力很强，随便种在哪里都很容易生长。从结绿色的小果实开始，小孩子们便会有期盼，期盼着早点熟了，好过嘴瘾解馋虫。

除了秋天熟了可以直接吃以外，这"姑娘"还有一种重要的用途，就是小姑娘们的玩具。长得个头够大时，小姑娘们便开始摘下来一些，放在衣服口袋里。选出一个，剥去外皮。然后用手轻轻地揉搓着果实，揉到一定程度时，果实的皮和里面的瓤便分离开来。再继续揉，里面就剩下汁液和"姑娘"籽了。这时，用针或其他尖的东西在果蒂上刺出一个小洞，用嘴吮吸出里面的汁液，然后再小心翼翼地挤出里面的籽，"姑娘"的皮便中空了。

　　小时候在东北老家，一到夏秋季节，小姑娘们嘴里多半会时常含着这种处理过的"姑娘"皮，她们会用嘴灵巧地把"姑娘"皮吹满气，再借助嘴唇的压力把气压出来，同时发出清脆悦耳的响声，如此反复，十分娴熟，小男孩不会玩。

　　最近带刚上幼儿园的儿子去父母那里，爸爸给儿子买了点熟透了的"姑娘"，让儿子尝尝鲜。原以为儿子不感兴趣，没想到一吃不可收拾，不停地往嘴里捡。问他好不好吃，他频频点头。见此情景，妈妈又派爸爸到市场买了些给儿子带回家吃。

　　回到家，儿子依然很喜欢吃。吃起来头都不抬，叫也不答应。吃得差不多了，才向我瞄一眼。我说给爸爸吃一个，他才肯选出一个递给我。

　　看儿子吃"姑娘"那样，像小时候生活在农村的我。

2014年9月13日，星期六，节气：白露

> （白露：斗指癸。太阳黄经为165°。天气已经转凉，地面水汽结露。古代有吃番薯、喝白露茶等风俗。）

秋日里的农庄火锅

今天与JF一家相约晚上在农庄涮火锅。

上午办完事，我和夫人充满期待地开车上路了。下午三点多就到了，先是企图在潮白河里捞几条鱼晚上吃，结果用抄子抄了半天无获。到了农庄后，本想休息一下，可是闲不住又开始间起白菜和萝卜苗来。然后，把上周备好的几条垄都栽上苗了，垄台浇水、垄沟灌水。看着这些小苗就喜欢，心想着

保证能活。

其实，种啥不重要，收获多少不重要，重要的是劳动的过程，健身又悦心。种地，是一般健身活动不可比的。

五点多钟，JF来电，告知火锅已准备好了。夫人在院子里画画，我从地里拔下一棵大葱，切了点葱花。我们收拾一下，闲庭信步般地去JF家的院子，那感觉真是悠闲惬意。不远处就是黎谷山，水墨画一般的有画面感。天空中的云很美很干净，一会儿一个风景。院子里满是阴凉，一切静静的。

到了JF的院子，他们夫妻俩已经把桌子准备好了。电源线不够长，未能把火锅放到他家在院子里建的凉亭中，我又跑回去拿了接线板。我们在凉亭里就座，四周装上了纱帘，蚊子苍蝇都进不来了。接电开火，随着底料的沸腾，羊肉拿上来了，小料拿上来了，白酒起开了。一斤白酒，我和JF对分。抬头看，黎谷山就在眼前，想那春秋战国，诸侯争霸，大块吃肉，大口喝酒，真是爽极了！

山，越来越朦胧了，我们喝得也渐入朦胧。不觉间，半斤高度白酒下肚，每人又喝了几罐啤酒。于是，在院子里遛起弯来。寂静的夜空繁星点点，空气中透着新鲜，在朦胧的醉意里，一切都很美。

那一夜，我们相约冬天飘着雪花的时候过来涮火锅，从中午开始吃，在草坪上铺上垫子，旁边是满地雪花，我们围着小桌子席地而坐，吃着麻辣火锅，喝着烈酒，那感觉一定很神仙吧！

野菊花旁的海鲜主题涮锅

从外地出差回来，已是下午三点多钟。夫人已备好去农庄的各种东西，有电火锅、网上购买的各种涮菜，装了三个纸箱子。此前，已约了JF一家去农庄涮火锅，这次我们张罗。

其实，自从上周吃完涮羊肉，夫人就开始酝酿回请一顿，还在研究要有一个特色主题。经过一番琢磨，最后决定搞海鲜主题锅。买了海鲜底料，买了越南红虾、鳕鱼、皮皮虾、鱿鱼等荤菜，买了一系列的蘑菇和青菜。

一路狂奔一路歌，五点多到了农庄。令人小扫兴的是，原来施工的工人向老板讨薪，把院子大门用渣土堵上了。无奈，只得把车停在大门外，抱着箱子从门边钻进去。看到物业小王的电动三轮车在，就让他送我们到家门口。我和夫人坐在车上感觉很乡村。路过JF的地，叫了他一下，他居然一下子没认出是我们。他们已在地里劳动一天了，栽了很多大蒜。

　　我们赶紧回家"布阵"。我负责把桌子支上，擦干净，摆上火锅，试着烧了一锅水。夫人负责洗菜、装盘、摆菜。一派繁忙景象。

　　火锅好用，把锅又认真清洗一遍，重新上水，放入底料，开火。各种荤素菜统统摆好，致电JF一家速来。

　　夕阳下，阳光棚里，热气腾腾的火锅，自带的白酒。大家落座后，美美地开喝。

　　这感觉，比任何高档饭馆都高档。

　　那一夜，就着浓浓的树香味，我们边喝边聊，直到深夜才相揖作别。

　　第二天早上起来，我和夫人沿着原来的地边开始拔草，翻地，备垄，栽了七垄大蒜。大约九点左右，驱车回城了。因为，想儿子了，要带他去欢乐谷。

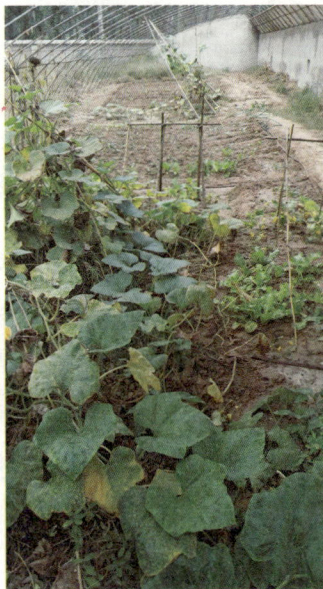

2014年10月6日，星期一，节气：秋分

（秋分：斗指已。太阳黄经为180°。秋分日阳光几乎直射赤道，昼夜几乎相等。从这时起，阳光直射位置继续由赤道向南半球推移，北半球开始昼短夜长。古代有祭月、吃秋菜、送秋牛等风俗。）

深秋的葫芦

国庆小长假从外地归来，急切地安排到农庄走一趟，这次带上了儿子。

与几个朋友相约到我们院子里参观一下，感受一下田园气息。等我们驱车赶到时，他们一行已经在JF的院子里聊了一会儿，喝着茶，吃着葡萄，好不惬意。

我把他们请到我们家参观一番，只可惜原来茂密的南瓜秧子已经枯萎了，真是人生一世草木一秋啊！白菜长势不错，我上次移栽的小苗长了许多，但是也有一部分被虫子吃掉了。上次栽的大蒜都发芽

了，长出了嫩绿的蒜苗，齐刷刷的，煞是喜人。室外的葫芦秧子有些枯萎，室内的却一片盎然，其中有人说对室内葫芦的长势感到"震惊"。东墙上的红云豆依旧红花灿烂，不过令人吃惊的是，这次居然结出很多很多的豆角来，原来一直没结豆角，还以为是转基因品种呢。

大家对院子里草坪上的野花很感兴趣，纷纷拿出手机拍起来，盛赞花儿开得美。

院子里南瓜的丰收景象给众人留下了深刻印象，临走时我给每人赠送一个大南瓜，大家戏称这是割我的肉，其实确有些舍不得，这可是亲自种出来的呀！

中午陪大家吃完饭后，我们一家又返回农庄。儿子吵着要在阳光棚里洗个澡，夫人忙着给他烧热水。我急着把地都

浇一遍。同时，把用车拉来的宜家买的书架装好，把JF从家里拉来的三箱子书安置好，在阳光棚里建一个简易书屋，将来可以让儿子和院子里的小朋友们一起看书。

随后，我和夫人把物业送的玫瑰花和葡萄树都挖坑栽上了，给它们浇上充足的水，希望它们个个成活。儿子在一边不停地摘着葫芦，把它们放在自行车的筐子里。

夕阳西下，阳光洒在菜地上，洒进棚子里，儿子不顾秋天的凉意，兴奋地戏着水，喊着我和夫人参与。这可是他的小乐园啊！

快到下午五点时，想到晚上还有事情，我们一家便依依不舍地离开了农庄回城了，心里想着下个周末快点到来。

煤油灯

说起煤油灯，仿佛已经很久远。在老的电影里面能见到，那也是说旧社会的事。可是在我的生活中，煤油灯亲切得很。

20世纪80年代，从1981年到1990年，是我小学一年级到初中三年级的人生阶段。这九年里，我一直生活在农村，就学在农村学校。记得那时候，点个电灯泡是件奢侈的事，因为对农民而言电费贵。还记得，家家户户常常是寅吃卯粮，一年下来根本没啥余钱，谁家要有一百元的余款，那可就成了远近闻名的百元户了。

所以，即便有电灯可点，家里也常备蜡烛和煤油。算起账来，点电灯最贵，点蜡烛次之，点煤油灯最便宜。更何况，由于电压不稳，村里常常停电。这时候，要想完成家庭作业，预习第二天的功课，就要点蜡烛或煤油灯了。点蜡烛更亮一些，也没有污染，可是时间长了，还是有些心疼。蜡炬成灰泪始干，看着蜡头一点点变矮，内心时常泛起愧疚感，通常大人也会催促早点睡，常说"蜡头都要点没了，睡吧！"

这时，我通常会用蜡烛点亮煤油灯，再吹灭蜡烛，坚持再学习一会儿。夜深了，思绪常会从书海中逃出来，望着煤油灯上跳跃着的火苗，想起青灯古佛，想起头悬梁锥刺骨，整个人便也精神起来，内心充满希望，继续苦读下去。

记得学习用的是一张八仙桌子，桌子对面的墙壁上糊的是报纸。借着煤油灯的微光，我时常在学习累了的时候往墙上写点东西，都是些自警自励的话，也有打油诗。使用煤油灯，还有个技术动作，就是要时常拨一下灯花。因为灯芯燃烧一段时间，会产生烧焦物，噼啪作响，影响燃烧和照明。这种情况下，要用铁丝把烧焦物拨掉，同时也会闻到一股更浓的煤油味，闻常了还觉得挺好闻的。

第二天一起来，会发现满鼻孔的黑油烟，鼻子成了油烟过滤器，洗脸的时候要专门清洗。可见，点煤油灯对环境污染得多厉害，可是有啥办法呢。

就这样日复一日，年复一年，煤油灯伴我学习进步。后来，我考上了县实验中学，再也不用煤油灯了。农村的情况慢慢好起来，家里人也不用了，就把它放在了仓房里。

工作以后，时常想起这盏煤油灯。这是玻璃灯，通体泛着绿色，形似春秋战国时期的陶豆，肩部有几只突起的鸟，展翅欲飞。那灯光虽也微弱，但从未在我心中熄灭。一天兴起，打电话让妈妈找找煤油灯，结果找到了。妈妈费了好大力气才洗干净，等我回老家看到时，它又恢复了旧日的风采。毫不犹豫，回北京时我带上了它。

如今，这盏煤油灯就静静地待在我的书柜里。它，已然成了一件不错的艺术品，述说着往昔的故事。它，已然焕发了青春，变得翠绿夺目。它，不用再点燃，仍能照亮我的内心。

2014年10月12日，星期日，节气：寒露

（寒露：斗指甲。太阳黄经为195°。白露后，天气转凉，开始出现露水，到了寒露，则露水更多，且气温更低，水气凝成白色露珠。古代有赏菊、登高、饮菊花酒等风俗。）

体验秋收

这周约了夫人的堂兄一家三口到农庄来玩。一大早，把儿子从被窝里揪起来，开车直上京承高速，奔密云而来。一路上还算顺利，大约九点半就到了农庄。儿子路上总是担心亲戚家的小朋友赶在他前面，不时询问到了没有。

到后，我们迅速行动起来。先把桌椅板凳摆好，把水果茶水备齐，等客人来了先能坐下休息，喝上一口水。随后，便开始准备中午的火锅餐。把火锅拿出来清洗干净，把各种荤菜素菜摆盘装盆。夫人从网上订购了有机食品，有越南产的大海虾、鱿鱼条，有各种新鲜的食用菌，有白豆腐、血豆腐，有各种有机蔬菜，不一而足。

一切准备就绪，客人也驱车来到了。

喝了一口水，便开始了给小朋友们设计的实践体验项目。

　　首先是挖土豆。春天时，我们一起种的土豆，这次一起秋收。小伙伴们很兴奋，拿着自己的塑料铲子疯狂挖掘，但是收获不到。因为土豆收成不好，分析原因可能是生长过程中水没浇透。看来明年再种土豆要注意浇水了。我用铁锹采取扫荡式深挖的方式开展工作，这下奏效了，陆陆续续有可怜的小土豆被挖出来，有的还被挖成两半，在数量如此少的情况下还出这状况真是够惨的。

　　继而，又组织小朋友们挖花生。本来设计要把《落花生》这篇文章找来读一读的，实在是忙得没顾上，有时间再补上吧。花生好挖多了，收获要好些，一铁锹下去总是有收获的。挖的过程中夫人提出，要保留几个从茎叶到果实都完整的花生，拿回去做一个花生成长故事小展板，给儿子带到幼儿园和小朋友们分享。这真是个不错的主意，现在的小朋友和大自然接触少，对自然界的事了解得远远不够。

挖完花生便摘南瓜。今年南瓜大丰收，架子上吊着的，地上躺着
的，在繁茂的叶子枯败后显露无遗。摘了四个南瓜，一家分了两个。

然后，便开始美美地涮火锅了。

饭后，把菜地和近期栽种的葡萄、玫瑰苗浇了一遍水。把翠绿的
蒜苗剪下来，一家一半，准备拿回去炒肉吃个鲜儿。

天渐渐黑下来，收拾东西打道回城。一路上，黝黑清晰的黎谷
山，美不胜收的潮白河岸边红叶，平添了几分冷美的秋色。

1春天在土里种下一颗小花生

2浇水施肥小花生发芽了。

3晒着太阳，花生苗长大了

4然后就结出了花生在生里

5秋天到了可以收获了！好棒啊！

麻屋子红帐子里面睡着个白胖子答案：花生

成熟的花生

地上
地下

上学路上

人的一生中，上学占了很大时间比例。小学、初中、高中加在一起要12年。读完本科再读硕士、博士的话还要10年左右。其中，又有多少时间是在上学路上啊！

上学路上，有太多的故事和思考。

我的小学是在村小上的，叫太平山小学。学校就坐落在村西头，我家住在村子的东南角，走路也就十分钟工夫。记得刚开始上了半年的学前班，就一个老师哄着一帮孩子，也不学什么，只是疯玩。第一天，在我没啥思想准备的情况下，几个堂哥堂姐就来家里找我，说要带我去上学。妈妈随手找了个熊猫牌洗衣粉的塑料袋子，堂姐给了一本旧语文书，堂哥给了半个铅笔头，往袋子里一装，一路小跑跟着上学去了。第一次走在上学路上，实现了人生的重大转变，预示着再也不能无拘无束地瞎玩了。告别童年，做个祖国的好少年。

刚开始上学，总是想家，想妈妈，虽然离家很近，虽然中午可以回家。走在上学的路上，对新的一天充满好奇，想见到小伙伴们，想见到老师们，渴望学习新的知识；走在放学的路上，归心似箭，想着妈妈做的饭菜，想着家里的玩什。为了安全起见，学校都要组织学生排队回家。一个方向不同年级的学生排成一队，在校内还井然有序，一出校门便打闹着慢慢散开了。调皮的孩子还学着教导主任的腔调讲话，经常被躲在路边的教导主任抓个正着，第二天一定要在升旗仪式后严肃批评。

初中上的也是乡村中学，这下离家远了，十公里的样子。小学毕业后，我个子长的小，走路上学还是有些困难。妈妈于是想尽各种办法，用几十块钱从别人那里买了一辆破旧二八自行车。把车座子降到最低处，我骑上刚刚好。就这样，在上学路上我变成了有车一族了。

那时候自行车骑得水平高，那辆破车既是我的交通工具，也是我的玩具。放学写完家庭作业后，经常骑上车到村外的马路上闲逛练车。什么飞身跳到车座子上，从车上飞身而下，站在车的横梁上，双腿抬到车前把子上，双腿站到后车座上，双腿蹲站到车前把子上，全都炉火纯青。所以，无论刮风下雨还是漫天飞雪，我都骑车上学。有时候雨下得大道路泥泞，我就在马路两旁的树带里骑，仅容一车，考验技术，女同学没有敢骑的，男同学也是少数。骑到学校，发现操场边只摆放寥寥几辆车，自豪感油然而生，谁能说这事不影响一个人的性格呢！

中学考到县城重点中学上了，因离家远，只能住校了。一般情况下，一学期回家一次。从那时开始，家的印象开始模糊起来。每次放假回家，再也不能像小时候那样到处跑到处玩了，因为学习竞争激烈，要复习功课。每次往返学校和家里，我都是借上一辆自行车，做一次长途骑行。那时候还不通公共交通，骑车也是没办法的办法。记得在回家的路上，有一个检查自行车纳税情况的站点，这简直就是一个关口。因为同学的自行车办齐纳税手续的少，为了省俩钱。若是被检查人员逮到，可是要罚好几块钱的，那时我们中学一个月的伙食费才三十七块钱。每次骑车往返，到检查点附近都像八路军过鬼子检查点一样，提心吊胆，小心侦查，看清没有情况后迅速通过，成功后异常兴奋，不觉猛踩几脚车子。

1993年，熬过黑色七月，我考上了北京的大学。上学前，买火车票成了难题。在一次家庭聚会上，一个堂兄酒后拍着胸脯跟我说，不要着急，我开家里的三轮摩托送你。嗨，他是真不知北京多远啊！最后，父亲和我买到两张60次列车站票，我们父子俩在两节车厢的过道站了十几个小时到了北京，然后坐学校接站车到了海淀区西直门外上园村，从太平山村到上园村，上学路漫漫啊，十二年的苦读又一村。

再后来，工作后读硕士，经常打车去学校。到外地读博士，有时是乘坐飞机去的。做博士后，自己开汽车去了。三十年弹指一挥间，上学路也是人生路。

2014年10月25日，星期六，节气：霜降

> （霜降：斗指戌。太阳黄经为210°。这时天气已冷，开始有霜冻了。古代有菊花会、吃红柿子等风俗。）

晚秋里的生长

转眼两周未到农庄来了，今天儿子要从湖南回京，中午十二点必须赶到车站迎接。面对如此矛盾，我和夫人商议，早上去中午赶回来。于是，早上五点半便爬起来驱车前往农庄，一路畅通，六点半准时到达。到后，我先开始浇地。

深秋的气温较低，菜长得慢下来。南瓜已然枯败一地，只有个别的枝叶

倔强地钻出小花。红豆角在秋天里迎来第二春，前一阵子猛开花，如今已结出肥绿的豆角来。一丛野花最是得意，每次来都向我们扬着笑脸，真是常开不败。

最有意思的是土豆，那几株春天栽下的土豆。一直因为缺水的缘故，始终没有发芽。前些日子，我把它们旁边的南瓜猛灌水，结果它们居然跟着在秋天里长出秧苗，看那阵势还很来劲，真不知在冬天来临之前能否结出土豆来。

阳光棚外秋色渐浓，里面却是春意满满。我前两周种下的白菜已经出落成嫩绿的小苗，特别是从室外爬进来的葫芦更是疯长，似乎不知屋外的秋。

一阵忙活之后，我和夫人坐下来煮了点面条吃，当然里面放了自己种的白菜。饭后，分别进行了艺术创作。夫人画数字油画，我把从海边背回来的两块腐蚀木头涂了漆，摆在墙根上很有艺术味。

大约九点半，收拾好东西，摘了两个南瓜，驱车回城里接儿子了。一路两侧红叶相伴，好一个赏心悦目的秋。

冬季篇

立冬 小雪 大雪
冬至 小寒 大寒

2014年11月9日，星期日，节气：立冬

（立冬：斗指乾。太阳黄经为225°。立冬日是冬季的开始，一年的田间耕作该结束了。黄河中下游地区即将结冰。古代有冬泳、贺冬等风俗。）

APEC日的欢聚

这个周末正赶上在北京怀柔召开APEC会议，北京市集体放假一周，大家戏称过了个阴历国庆节，算是意外收获。于是，还了国庆期间许下的愿，邀请一些好友到农庄欢聚。

大家乘车到后，先是参观。进入深秋初冬，植物变化真快。前两周来时院子里还野花荡漾，富有生机，这次到来，发现花儿都谢了，草也彻底枯黄了。就连生命力旺盛的南瓜秧子，也经不住冻，无力地蔫去。

地里，只有白菜碧绿依旧，但似乎停止了生长，和前次来看时个头差别不大。

只有大棚里的葫芦仍然倔强地展现着生命力，依然绿意葱葱，依然泛着小花，依然结着小葫芦，也真是给面子。阳光棚里浓浓的葫芦绿，给我们涮火锅带来了美美的感官佐料。

参观一圈后，大家围坐在一起。先是吃点瓜子水果，喝点茶，聊上一会儿天。我和夫人把带来的各种涮菜整理好，该清洗的清洗一遍，该装盘的装盘。买了两大塑料筐的羊肉片，大约六斤。此外还有菌类、豆制品等。为了充分体验野外涮锅的优势，现场从地里拔了几棵白菜和苔菜，清洗干净后装盆待涮。

一切基本完备后，准备沾酱碟。再次展现一下特色，于是到地里剪来蒜苗和大葱，细细地切碎，洒在调料上，清香阵阵。

摆上JF准备的各种凉菜，支上电火锅，放入底料，开火的同时也就开喝了。

W老师首先发表重要讲话，充满激情的致辞之后，连续提了三口酒，因为用的是大杯倒酒，无法一口干。接着大家轮流致辞提酒，在一大杯即将喝完之际，夫人提议敬大家一下，结果一口干掉，大家也随之清杯。一大杯结束，更是群情振奋，纷纷大口干酒，阳光棚里也

顿时温暖起来，内在的酒劲加上中午暖暖的阳光，整个人热乎乎的。绿绿的葫芦从上方向桌面垂下来，更增添了几分感觉。没有任何人打扰，可以放声畅聊，放量畅饮，就着新鲜的空气，无拘无束地说着、喝着，有点魏晋范!

就这样，从上午十一点多钟，吃到下午三点多钟。大家约定稍事休息，于是分别走出阳光棚，到大院里去散步。借着暖暖的阳光，来到JF家的院子里，坐在室外棚子下喝起茶来。期间，我还帮着他家安装了窗帘，小有成就感。

休息一圈之后，快到五点钟了，我们决定继续共进晚餐。于是，回到我们的阳光棚，开始在火锅中煮一些素食和蔬菜，下了面条和米粉，边吃着素火锅每人还喝了一瓶啤酒。饭毕，爽爽的启程回家了。

一件蓝毛衣

现在的天气普遍变暖了，小时候东北的冬天格外地冷，大棉袄二棉裤是标配。那时候，冬天夜晚气温要降到零下四十多度，可谓滴水成冰。棉袄棉裤保暖，但也容易漏风，从腰眼上钻进来的风刺骨的凉。毛衣贴身又挡风，可是小孩子们想都不敢想，是绝对的奢侈品。

所以，小时候冬天一直穿棉袄，高中前没穿过毛衣。我的第一件毛衣是父亲的蓝毛衣改织的。毛是纯正的羊毛，有些粗糙。这毛衣已经被父亲穿了很多年，母亲先把它拆成毛线，再重新给我织成毛衣，可谓纯手工。穿上这二手毛衣，感觉美极了，走起路来浑身轻松。

后来，在上高中的县城里，自己买过化纤的毛衣，虽然样式好看些，但仍感觉不如母亲织的那件毛衣舒服。

后来到北京上大学，也没有穿过啥正经的毛衣。工作后，有了第一件羊绒衫。那时候正值20世纪末，羊绒可是好东西，被称作软黄金。整件衣服轻软柔滑，颠覆了我对传统毛衣的认知。羊绒衫冬天穿在身上又轻又暖，直冒汗。

再后来，衣橱里的各种样式的羊绒衫不断多起来，一冬天可以换着样式穿。

可是，我仍然会时常想起母亲织的那件羊毛毛衣，那件蓝色已经泛白的旧毛衣。

2014年11月16日，星期日，节气：立冬

丰收有些任性

　　忙忙碌碌了一年，真正的全面秋收还未进行。今天带着夫人和儿子准备来个大丰收。

　　到了地里之后，大家分头行动。儿子先是开着他的几辆小车，分别到菜地里拔菜运菜。那样子还挺像个熟练的农民。奋力地拔起，迅速地放到小车上，装满一车便骑着车子运回到阳光棚里。不一会儿，屋子里便堆起一堆蔬菜来。夫人负责收拾蔬菜，尽量保留了菜根，这样拿回家可以多放一段时间。夫人边收拾边感叹，看起来菜长在地里不多，收下来堆放到一起还很多。

　　收获的同时，我开始做另一项工作，就是把屋子里的几个纸箱子改装一下，每个箱子里装上一层土，儿子和我一起装，他的塑料锹派上了用场。然后，到地里把小一点的菜用铁锹连着土挖下来，移植到箱子的土中。几个箱子装满后，地里还有小棵的白菜。于是，我和夫人商定把儿童游泳池也先征用，整体铺上一层土，载满了小苔菜和小白菜。很快地，阳光棚里便春意浓浓起来，一派绿意生机。迅速地浇上水，看起来更像回事了，看样子一定能在这个冬季常葆绿色，小菜苗们一定会在这个环境里长大成菜。

　　继而，我又把葫芦和南瓜都收下来，放在草坪上一堆，拍照留念。只可惜，东墙上的豆角未及成熟已被冻坏，地里的两个未舍得摘下的丝瓜也冻黑了。这就是植物的一生，人生也有类似的道理吧！

　　中午，我们煮了点面条，放入地里刚刚拔下来的苔菜，面面的，甜甜的，吃也吃不够，夫人又加煮了一锅。吃完面条，我和儿子一起把院子里的落叶扫了一遍，只留下一簇银杏叶的金黄。

　　大包小包搬上车，后备箱满满的回城了。

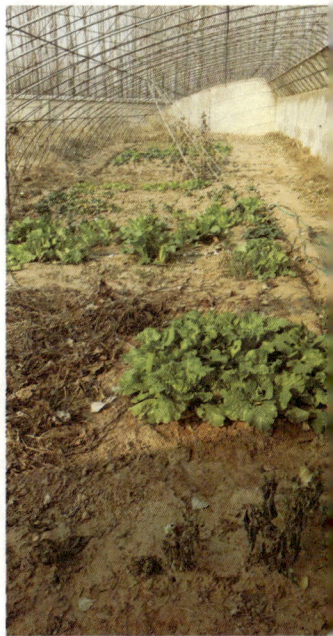

2014年11月29日，星期六，节气：小雪

（小雪：斗指己。太阳黄经为240°。这时气温下降，开始降雪，但还不到大雪纷飞的时节，所以叫小雪。此时北方已进入封冻季节。古代有吃羊肉、牛肉的风俗。）

冬天里找寻春的希望

北京的冬天日渐严寒。一场大风刮过，真似换了人间。惦记着上次仍未收获的农庄白菜，一大早我们一家三口便出发了。

刚到时还有些冷，因为天气阴沉沉雾蒙蒙的，没有一丝阳光。夫人一边收拾屋子里的东西，一边带着儿子开玩。我首先按计划查看剩下的两丛白菜。还好，在两圈干草的掩护下，白菜们安然无恙，略有生长，这下我也放下心来。

于是，便开始移栽室外的白菜。这次也算有备而来，带来了八九个纸箱子。夫人把纸箱子的底部固定好，我和儿子负责往纸箱子里装土，然后放到阳光棚中，把室外的白菜挖下来栽上，透透地浇一遍

水，一切就大功告成了，因为上次移栽的白菜、苔菜都活了。

　　在阳光棚的一边，前几周种下的小菜也长势良好，希望它们能健康成长。如此看来，又是满屋春色了。放眼过来，一片绿油油，倒也惬意。

　　来之前，和夫人商量好，要对明年的耕种进行科学合理规划。不

仅要种出来，还要种得好看。所以我又把大棚里的地进行了分块处理，平均划分了十块。地块间留出田埂，每块打算挖成池子，地势稍低一些，这样将来浇水方便点。说干就干，我打好边框后，夫人负责用铁锹挖土翻地，我把挖好的地块用耙子平整一遍，留待明年春天下种。如此配合弄了两块，看起来还挺美。

　　午间，我们煮了面条，放了青菜，就着母亲腌制的小菜香香地吃了一顿，儿子吃得尤其带劲儿。吃完后，便骑着他的小车在阳光棚里遛了好几圈。

　　下午三点多，儿子说冷了，我们便收拾妥当返城了。临走前，我又将一把茅草几根干葵花插在大花瓶中，把这特别的景留给农庄的冬吧！

东北酸菜

　　酸菜不是东北特产，重庆等地也有。但是，用大白菜腌酸菜的，恐怕东北特有，这大概与朝鲜族的习惯有关吧，通常我们吃的韩国泡菜就是这种做法。

　　小时候在东北老家，冬天主要的菜品就是酸菜。酸菜炖猪肉、酸菜炖粉条、酸菜炖土豆等等不一而足。吃酸菜开胃下饭，尤其是过年期间吃，还可以解油腻。

　　说到腌酸菜，那也是技术活，腌不好会烂掉。每当秋季大白菜收获季节，除了留一部分放到地窖里冬储外，其余就要腌成酸菜。记得要尽量挑饱满的白菜来腌，菜芯要长得实。先把外边的白菜帮子扒掉，再把菜叶子清理一下，然后要用温热水烫一遍。腌菜的工具必不可少，东北农村每家每户几乎都有一口一米半左右高的大缸，就是干这活儿的。把处理好的白菜往大缸里码，要码紧实了，然后再加入温水，最后上面用一块大石头压上，基本工作算完了。

　　过一段时间，白菜会发酵，在缸的顶部形成一层白皮，自然使得缸里的白菜与氧气隔绝了，更有助于发酵了。在腌制酸菜过程中，缸里不能进油，进油后菜会烂掉。

　　凭着经验，主妇们知道何种程度就可以吃酸菜了。于是，做菜时从缸里捞出一棵。把酸菜掰成一片片，然后用刀片成薄薄的片片，再细细地切成丝，越细越好。如果觉得酸度高，在下锅前要把酸菜丝在清水里洗一洗、攥一攥，这样就不那么酸了。

　　通常，要先把油下锅，把酸菜放锅里炒一下，再加入其他菜，放入水，然后开炖，这样酸菜做出来好吃些。

一度想起酸菜胃里就泛酸水，因为在东北老家，整个冬天几乎是上顿酸菜，下顿酸菜，变换的是和酸菜配的菜而已。有的时候，酸菜还当水果吃。那时家里没有电视，东北的冬天漫漫长夜，大家坐在炕头上嗑着瓜子聊天，也不着急睡觉。嗑得口干舌燥之际，会从酸菜缸里捞出一棵酸菜来，扒去外边的菜帮，只剩下酸菜心，再用刀把叶子那头切掉，然后把酸菜心切成若干小段，放入碗中，撒上一点白糖，吃起来又酸又甜，那时候一个人吃个菜心不在话下。

到北京上大学后，吃到的是酸菜鱼里的酸菜，用大包菜腌制的酸菜，总是感觉和白菜腌制的酸菜不同，吃不出老家那个味儿。

后来，妈妈冬天都要腌点酸菜，用白菜腌的，我会时常取来点吃。近年来，有了成袋装的切好的酸菜，东北的朋友偶尔会寄来一点儿，一冬天也吃不完，常常要吃到来年十月，甚至更晚。

现在，我最爱吃的是酸菜汤。锅里放油后把酸菜下锅一炒，填入足够的清水，放点虾皮，盖上锅盖，大火烧开小火慢炖，味道很快就出来了。如果再讲究点，可以切入一盒血豆腐，两者互相入味，更是爽心爽口。

东北酸菜，看来扔不掉这口了。

2014年12月13日，星期六，节气：大雪

> （大雪：斗指癸。太阳黄经为255°。北方大雪前后该是大地封冻，瑞雪飘飞。古代有"小雪腌菜、大雪腌肉"的风俗。）

无处不艺术

今次过来农庄，主要是惦记着那阳光棚里的葫芦。适值入冬，想必种植的事也无法进行了。去之前便做好盘算，要选择一批品相好、品质佳的葫芦带回来玩。因为此前，终于搞清楚了新鲜的葫芦是要去皮才能完美地保存的，否则皮子会烂掉。

到了以后，首先巡视葫芦。可惜呀，几场寒冻，已使满屋的葫芦变成了黑褐色，幸免者寥寥无几。记得两周前来时，还都是绿绿的。这就是节气的变化，不种庄稼感受不深刻。

既然如此，也只能忍痛挑选。先把那几个仍然保持绿色的顽强分子用剪刀剪下来，再从冻过的葫芦中选择造型好、表皮无瑕疵的也剪下来，一会儿便放满一盆。

葫芦在传统文化中是吉祥物，寓意"福禄"，看着满满一盆葫芦，心情也不觉大好起来。心里也便盘算着，等明年有经验了，要早早地动手收获葫芦，一定会收取更多的好葫芦。

剩下的葫芦垂挂在阳光棚中，倒也变成了风景。于是拿着剪刀开始做一些修剪工作，把枯萎的葫芦秧子整理了一番，就准备把它们留到明年了。

忙完葫芦的事，便开始伺候阳光棚里移栽的白菜。看来这两周天气不错，纸箱子里的土壤已经干裂，白菜们也打蔫了。于是放水浇灌，狠狠地把若干个纸箱子连同儿童游泳池中的菜浇了个透，顺手也把阳光棚中花池子里的小菜浇了一遍。这些小菜虽然长得不快，但也是有很大进步的，让人怀有希望，应该在冬季里能够吃上。

我在忙活这些，夫人也没闲着。她先是试图翻地，结果发现外面

的地已经冻结了，铁锹根本挖不下去。她又试图用其他工具翻，最后都失败了。我便劝她把上次翻过的两块地再平整一遍，把浮土用耙子耙到池子的四边去，搞好示范造型，待到明年春天化冻后照此实施。夫人也只好悻悻地干这个工作了。

再次精心平整后的两块地看上去颇为顺眼，在冬日的阳光下格外熨贴，仿佛蕴藏了希望，春天的希望。

中午，我们按照惯例煮了面条，放了一盆阳光棚里移栽的蔬菜。煮好后倒入酱油，拌上油泼辣子，大快朵颐，说实在的不比山珍海味差。

酒足饭饱后喝上一杯红茶，磕着炒瓜子，静静地享受着午后的冬日暖阳，好不惬意。夫人继续画着她的数字油画，我抓住机会给她拍照，其实专注也是一种美啊！

　　看着她在画画，我也手痒起来，从屋外搬进来一块潮白河谷拣的石头，擦干净后也涂画起来。既然是河水冲刷过的石头，那就画点水纹吧。用了红色和米色黄的油彩，想象着汉代彩绘陶器的画法，刷刷刷地几笔绘就，没啥专业性但是酣畅淋漓，自我欣赏也不错。把石头摆在阳光棚的水泥墙根处，配上旁边的一排啤酒瓶，以及啤酒瓶上插着的干野草，还有墙上的黑白画，在午后阳光的唱和下，画面感很不错。

　　于是，更加觉得冬天的阳光很美，隔壁的屋子里墙角处，插满干枯向日葵和蒿草的大花瓶，在光影的配合下，显得别有味道。其实，生活中的美不就是要去发现吗！

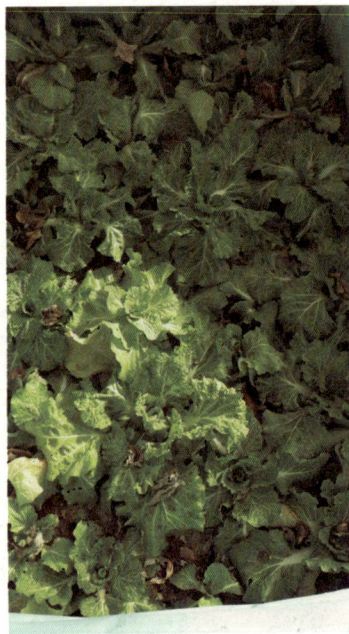

炖大鹅

最近带着儿子去看父母，母亲用东北方式招待了儿子——大锅炖肉。炖的是他们在租住的农家院里养的大鹅，这大鹅可是父母天天割草、捡粮食一点点喂大的，绝对没有喂饲料吃激素，算是纯绿色食品。

父母一次杀了两只大鹅，一股脑地放锅里炖上了。这阵势着实把生在南方的夫人吓了一跳，一个劲说这怎吃得完。其实，一顿饭肯定是吃不完的。但是，东北老家的待客待亲之道就是这样，必须有肉，必须吃得有富余。

记得小时候，每年春天开始，母亲都要攒一些鹅蛋，然后放在炕头上开始孵小鹅。这可考验技术，要用棉被盖好，温度要合适，冷了不会发育，热了会把受精卵烤死。记得那时，母亲半夜都要起来翻动这些鹅蛋，以便使它们维持在合适的温度环境。

小鹅快出壳时，更是要精心照料，及时翻动，细心观察。一旦发现小鹅用嘴把蛋壳叨出裂缝，便要人工帮助它们打开蛋壳，让小鹅从蛋壳里出来。刚孵出的小鹅长着黄嫩嫩的羽毛，孱弱的小脚不停地蹬着。就像婴儿有脐带一样，小鹅也有脐带连着蛋壳里剩余的营养，所以最理想的情况是让它自然地脱掉，到那时蛋壳里残余的营养物也吸收得差不多了。有的时候还有剩余，我们往往也不舍得扔掉，要放在灶坑里烧着吃，香极了。

其实，母亲孵小鹅的过程中，作为小孩子的我们有着复杂的期盼。一方面希望成功率高一些，这也代表母亲的辛劳没白费，将来能喂养出更多的大鹅。另一方面，也希望有一些鹅蛋孵不出来小鹅，这种情况也是常有的。具体情况不同，有的是本身鹅蛋没有受精，根本孵不出来，孵一段时间鹅蛋就会变混沌，这在母亲每天对着灯光的观察中就能够发现。有的是小鹅发育一段时间后，由于温度低等原因"闪"死了。不论哪种情况，都意味着小孩子们有美味吃了。把它们往灶堂的火中一扔，就等着香味飘出来了，那可是又好吃又补人啊！

在老家炖大鹅时，没等大人上桌，小孩子们就抢着吃上了。通常，我和弟弟每人先分上一个大鹅腿，真是大快朵颐。然后，父母还要把鹅心、鹅胗等留给我们吃，它们只吃些不太好吃的部位，譬如鹅头、鹅掌等。大人们通常说的话是，小孩子吃鹅头将来娶媳妇会下大雨，吃鹅掌影响手的灵活性不会写字。那时还信以为真，以致长大后长期不吃这两样东西。现在看来，这两样东西没有啥肉，在当时吃起来根本不解渴。

现在母亲炖好肉后，也是有分堆的。把大腿肉给孙子吃，把鹅胗、鹅心给儿子吃，还有个变化是把鹅掌鹅头也给儿子吃了，自己吃得是不好啃的部位。我高兴地啃起了鹅掌，顺手把鹅胗夹起放在父亲的碗里，因为我知道，其实父亲最爱这一口。

2014年12月13日，星期六，节气：大雪

给农具开个会

工欲善其事，必先利其器。要想种好地，农具很重要。今天有空晒晒我们的工具，把它们一一拍照。

耙子买了两把，种类不同。一把是主要用来耙草的，由铁条制成，相对轻便，但是无法用来刨地。另一把是钢做的，能够刨地，也能耙土耙草，相对重一些。

镐有两把，一大一小，主要是刨地，可以刨坑、松土、备垄等。大的主要由我使用，小的留给夫人用。

铁锹也先后买了两把，一大一小。这个工具最实用，人工翻地必备

之利器，一排排地挖过去就好了。小的相对轻便灵活，大的务实管用。

锄头有三把，一大两小。大的可以铲地松土，力度大，不用太弯腰。小的轻便好用，适合精细化除草。

镰刀一把，在初建农庄时期发挥大作用，被我抡圆了割下很多枯草。用它来割植物秆茎也很方便。

大剪刀一把，剪除蒿草野藤十分好用，修草坪也不错。在收冬瓜的时候朝着根部一剪即可，避免损坏秧藤和刺手。

草帽两顶，正宗稻草的，我和夫人各一个，戴上就像纯正农民。

此外，还有塑料软水管几根，用来引水浇地。还买了专用除草机，用来修剪草坪，兼做儿子的大玩具。买了黑色遮阳布，在田边扯起来露天遮阳，夏天放张桌子吃起西瓜好不惬意。冲击钻等也必不可少，打个眼挂个画倒也方便。

家有棉被套

小时候，每当冬天来临之前，老家的农村人都要忙着弹棉花被套。纯棉花絮的被套用久了就会变硬，保暖性也差了，所以必须隔段时间把棉花被套重新处理一下。

弹棉花用的工具是个大竹弓子，弦是牛皮筋做的。抓着扯碎的棉被套用弓弦绷，那姿势、那劲头、那场面，一点不比弹钢琴差。那时候，弹棉花是个好工种，很有技术含量。

斗转星移，现如今，羊毛被、蚕丝被等花样百出，轻薄便利，棉被套的被子逐渐淡出了人们的视野，弹棉花的场景也少见了。

可是，我的家里仍留存着两个棉被套，传承有序，别有意义。其中一个是我和夫人结婚时妈妈给做的，用了足斤足量的棉花，被面是土布的。用了一段时间后觉得实在太重了，就把它收起来了。期间，几次搬家，曾经动过把它处理掉的念头，但还是未舍得，于是留下了，留个念想。

另一个棉被套更有历史，那是我夫人婴幼儿时用的，从出生就开始用。后来夫人长大了，岳母把它收了起来。再后来，岳母从湖南搬家又把这个棉被套带到北京来了，说是要给我的儿子用。可那时，儿子还未出生。等儿子降生了，这个被套也就派上了用场。说实在的，儿子没少在这个被套上撒尿。

最近家里收拾东西，想把儿子不用的物品处理掉。于是，夫人提出要把这个小被套扔掉算了。岳母听见后赶紧制止，说还是留着吧。夫人问，留作何用呢？岳母说，等你们的儿子将来生儿子不就用上了吗！我和夫人愕然了，还要留到那么久啊！放在家里多占地方啊！可是，岳母好像不太高兴我们把它扔掉。于是，我劝夫人说还是留着吧，也算留个纪念。

但转念一想，留到我儿子生儿子时，这棉被套怎么着也有六十来岁了，简直成了古董了。我打趣说，留到那时候，这被套就成了文物了，谁还舍得用啊。况且，将来我儿子媳妇作为新新人类，怎能接受这个老被套呢。到时候，别人问起被套的来历，回答说是小孩奶奶小时候用的，还不把人笑晕才怪呢！

家有棉被套，虽然不用了，想起来却心里暖暖的。

2014年12月27日，星期六，节气：冬至

（冬至：斗指子。太阳黄经为270°。冬至日阳光几乎直射南回归线，北半球白昼最短，黑夜最长。冬至以后，阳光直射位置逐渐向北移动，北半球的白天就逐渐长了。古代有"冬至亚岁宴"等风俗，民间说"冬至饺子夏至面"。）

定名种心居

2014年的最后一个周末，因惦记着阳光棚里移栽的白菜，一大早就带着夫人和儿子向农庄出发了。

在路上，酝酿着去潮白河边捡些大石头，用来书写农庄的名字。把车停在河谷里，儿子也跟着下了车，一起挑选造型漂亮的大鹅卵石。我搬了五六个放在后备箱里，儿子也挑了一个小的。

到了以后，我和夫人分头工作。夫人负责收白菜，我负责在石头上用油画彩料书写庄名。

白菜在近两周长得很缓慢，上次过来浇的水还未干掉，但是已经冻上了，菜根部分都是冰碴。看这架势，如不收割回去，下次来就

要见冻白菜了。夫人找出大剪刀，从白菜的根部开始剪起。先收儿子游泳池里的，再依次收栽在纸箱中的。很快，也便收了一堆的白菜。儿子抢着和妈妈挑选白菜，那认真劲还挺像回事儿。

我把捡回来的石头搬到房前的台阶墙上，梯次排开。先用水清洗一遍。待晒干后便开始涂鸦了。找来夫人画油画剩下的油彩，翻出一支画笔，便在石头上开练了。名字早和夫人商量好了，就叫"种心居"吧，我

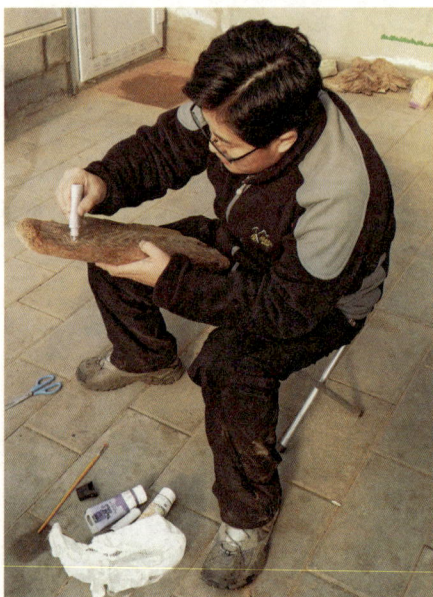

们种的不是地，种的是心情、心境、心灵。

红色油彩写一遍，再用粉色油彩描一遍。红色是我，粉色是夫人。儿子也抢过笔去乱涂了一番，全当点缀了。远远地望着"种心居"几个鲜艳的大字，虽是萧瑟的冬季，也倒令人充满了期待。

儿子在寒冷的冬天愿意过来，还有一个念想就是玩遥控飞机。弄完命名一事，我便找出遥控玩具直升机和儿子玩起来。因为操控不熟练，让儿子稍微躲远点，我一点点地试着提升飞机的飞行高度。前几次都不错，儿子看着也很兴奋。但是对于降落掌控不好，每次几乎都是摔下来的，只是因为高度低，倒也无大碍。最后一次，我放胆加大油门，飞机嗖地一下串起来，直奔院墙外边而去。我赶紧往回控制，但是方向搞反了，飞机向着林中的大杨树飞去，就像大鸟一样挂上树枝。一看这架势，我又加大油门，生怕下不来。这下可好，飞机旋转着跌下树枝，重重地摔在地上，螺旋桨摔断了。

捡回来后，飞机发动机能转，但是飞不起来了。看这情景，干脆把遥控器给了儿子，让他乱摇吧，他倒也是乐在其中，一顿猛按，直到飞机电池消耗殆尽。

于是，又和儿子在枯草坪上踢了一会儿足球。这时，夫人做好了面条，还是老办法，加了新鲜的白菜。我和儿子一顿大吃，拌上一点酱油，真是美味。

儿子吃完饭就开始骑着他的小车到院子里到处遛。我开始在石头和木头上"作画"。木头是夏天从海边捡回来了的旧船板，肌理毕现，岁月沧桑。沿着木头的纹理，做了不同颜色的涂抹，就当自娱自乐吧。完成后效果倒也不错，以后继续这样玩。

　　忙完后开车到了南院，带着儿子到别人家的大棚摘草莓。大棚里温度很高，转一圈直出汗。棚里春意一片，红红的草莓藏在绿叶间待你发现，不时有农人放养的小蜜蜂飞过，真使人颠倒了季节。摘好草莓后和主人相约，明年春季卖我们一些草莓苗，我们也要亲自栽出自己的草莓。

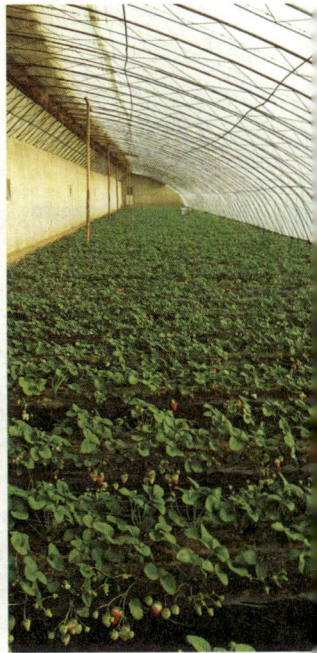

2015年1月1日，星期四，节气：冬至

包饺子

　　儿子最爱吃奶奶包的饺子。三岁的小孩不撒谎，无论谁问，都说奶奶包的饺子好吃。平时在家里，时常会提出煮点奶奶包的饺子的要求。

　　这可能形成饮食习惯了吧。从儿子能自己吃饭开始，每隔一段时间奶奶就会包些饺子拿过来。饺子放入冰箱冻上，主要是留给儿子吃，能吃很长一段时间。让儿子吃奶奶包的饺子，总归是放心的，选材尽量绿色，绝无防腐剂等各色添加剂。

　　如此一来二去，夫人便动了让儿子亲自体验包饺子的念头。于是和奶奶约好，2015年元旦放假那天去实践一下。

到了奶奶家后，奶奶已经把面和好，饺子馅也拌好了。爷爷把面揉妥以后，便揪出一个个的剂子。儿子也抢着揪，像模像样，但造型实在不好，最后索性又把面揉成一大团。

看到爷爷开始擀饼，儿子也抢着要试试。那小样学起来还一板一眼的。一顿忙活之后，新包好的饺子下锅了。以往都吃冻的饺子，这一次可是新鲜出炉，口感口味就是不一样。总之就是一个字"香"。这也应了东北老家的一句话，叫"好吃不如饺子"。

其实，现在生活好了，可以随时吃饺子。以前在老家时，过年期间才能包几次饺子吃。而且东北冬天做馅的原材料有限，主要是酸菜。凡事物以稀为贵，吃得越少就越想吃，吃起来就更香一些。酸菜馅的饺子是东北一绝，那时候想起饺子会流口水。

现在超市卖的饺子，品相更好些，吃起来可能更香一些，但是总不太放心，感觉不够绿色。于是也便打算着，今年一年要在农庄多种些能包饺子的蔬菜，韭菜、芹菜、角瓜等，自己动手包饺子，保证现包现吃。

这事想起来就美。

腌咸菜

东北人重口味，爱吃咸的。大葱沾酱，咸菜就粥，从来就好这一口。现在想来，这多半和经济条件有关系。一年四季之中，自然条件下能够吃上新鲜菜的时间很少。特别是冬春季节，只能吃储藏的白菜、土豆等，为了调剂一下，也只能腌点咸菜了。

腌咸菜，腌不好会烂掉，咸度不够会酸，咸度太烈齁人，这个度掌握起来不容易。

小时候家里都是用大酱缸腌咸菜。秋末冬初时节，把菜园子里剩余的菜收个尾，小茄子、小黄瓜、小辣椒统统可用，再加上一些土芹菜就更好了。茄子、黄瓜、辣椒洗净即可，不用切分。芹菜要切成段。把它们洗净晒干，放入白布做的酱袋里面去，再埋入酱缸里，和大酱一起相互作用，共同进入新阶段。

到了冬天里，咸菜腌好了，每天每顿饭都会装一盘放在饭桌上，大家都会争先恐后地夹着就饭吃。如果气温到了零下，屋外面结了冰，放在室外的酱缸也会有反应，虽然不会完全结冰，但从里面拿出来的咸菜会带着冰碴。咸菜碗里，红的辣椒、紫的茄子、青的黄瓜，再加上腌成冰糖玛瑙色的芹菜段，纷纷沾上晶莹剔透的冰碴，好不赏心悦目、刺激味蕾。这时候吃上一口，爽脆咸鲜直沁心头，至今难以忘怀。

上高中开始，就很少回家了，也就难得吃到家里的咸菜。那时候，学校的伙食不好，大锅菜缺油少盐，所以每学期初都会从家里带几罐母亲腌制的咸菜。有的时候，母亲还会切点肉把咸菜放锅里炒一下，那味道就更好了。带到学校后，往往能吃上几个月，特别是胃口不好时还真解决问题。

上大学以后就更少吃到家里的咸菜了，时常地想起。前一段，去看母亲时说起腌咸菜的事，母亲便动手腌了一盆咸茄子，顺便还用黄瓜、芹菜、香菜等剁碎了腌了一碗小咸菜。只可惜这些都不是用酱缸腌的，因为城里也不用酱缸了。

刚拿回来时，我们还不以为然，想着不会太好吃。恰巧一次在郊外的农庄中煮面条吃，想起汽车后备箱中还放着那碗小咸菜，便拿出来就着面条吃。这一吃获得了惊喜，虽然品相一般，但是味道着实可赞，鲜美极了。夫人不停地问这是如何腌制的，儿子也抢着吃起来。就在现场，我拨通了母亲的电话，表达了大家对她的崇高敬意和衷心感谢！

再后来，那盆腌茄子也颇受欢迎，咸度正合适，吃起来口感也好，只要想起来，大家便会拿出来吃。

于是，我便打算着，下一年把各种有机菜种得更好些，等到秋季时，也要亲自腌些鲜美的咸菜吃。

2015年1月25日，星期日，节气：大寒

（大寒：斗指丑，太阳黄经为300°。大寒是天气寒冷到了极点的意思，正值三九刚过，四九之初。古谚云："三九四九冰上走"。古代有尾牙祭、喝腊八粥等风俗。）

2015年的第一场雪

这个冬天是个暖冬，一直期盼着能有一场雪清洗一下雾霾。当然，也是盼着到园子里看看雪景。萧瑟的草木挂上瑞雪，总是别样的美吧！

头天晚上，飘了一点雪花。第二天，正好是周日，开车拉上夫人和儿子直奔农庄看雪景。夫人一路半信半疑，说不像下雪的样子啊，不会运气这么好让我们心想事成吧。

　　可是，运气就是这样好。一路走过去，雪意渐浓，到了密云地界便一片白茫茫了。车到潮白河畔，远远望去，天地的界限已消失在静静的白色里。一切是那样的开阔、清新、纯美。于是，下车照相。

　　到了园子里，果然已是一片白雪覆盖。小道铺了白毯，屋顶盖了白毡，园子里的土地也涂上了白色妆容。

　　阳光棚里，前些日子种下的小白菜依旧存活，顽强地生长着。我期望它们能熬过这个冬天，去拥抱很快就要到来的春天，在春天里茁壮成长，开出漂亮的菜花来。

　　原来栽在纸盒子里的白菜上次收获了，留下的小小菜棵居然还活着，发出点点的绿。这曾被放弃的生命，微弱但不容忽视。它们用行动维护了尊严，获得了尊重。我要陪它们一同等待春天。

夫人拿出画笔随意地继续她的小油画。儿子也不消停，推着他的小车屋里屋外地跑。最后，还把除草机当玩具玩起来，在草坪上、田地里到处推着，仿佛在展示小朋友的力量。

太阳出来了，简直就是雪景杀手。屋顶的雪不断融化，化成水滴滴答答地从房檐流下来，仿若敲着鼓点，催着人们抓紧节奏赏雪景。屋外遮光帘子上的雪化得更快，有如子弹般飞速射向松好的土地，迅速被干渴的大地吮吸掉，只留下一排排的小洞。

慢慢地，黑黑的土地露出来，黄黄的草坪露出来，雪景如梦幻般地消失了！还没缓过神来，园子里的雪景如海市蜃楼般地隐去了。难道，这雪就是为我们照相而下的吗？剧务也太给力了吧！

无事可干，望着褪去的雪景，我想再造一景。把地里干枯的向日葵整个拔起来，把干枯的野花整个拔起来，把它们插到室外的大水缸中，做了个大号的插花。在这萧瑟的冬天里，在这沉寂的院子中，整出点干枯美，代表收获，也算是希望。

一顿折腾以后，已近中午，我们又来到园子里的草莓棚子，开始爽爽地采摘。把洁白晶莹的雪的美景留在脑海中，把鲜艳欲滴的红草莓吃到肚子里。一切，都是那样简单而美好。

啃冻梨

大家都知道，梨的品种很多，而且最好吃应季的。可是，我小时候只熟悉一种梨，也就是东北的冻梨。

冻梨来源复杂，但成了冻梨后就基本一样了，好似黑蛋球。但如果细区分，也有不同的型，口感上有酸甜之分，有粗细之分。

冻梨这种东西，好像只有东北人吃，想来和天气有关吧，因为东北也是冬天才吃冻梨。现在啥情况不知道了，我在东北老家的时候，每逢春节前，农民们都要进城去买冻梨，作为过春节吃的水果。那时候家里穷，鲜水果也买不起，到村里的供销社闻闻苹果味就算过瘾了。而冻梨十分便宜，当时花几元钱就能买百八十斤，可以吃上一冬天。

东北的正月里没有农活可干，农民们劳累了一年，喜欢在这时喝个小酒。记得父亲每次喝完酒后，都要把提前化好的冻梨端到身边，非常尽兴地吃个够，边吃还边说这东西解酒。

正月里来了客人，奉上的待客之礼也少不了化了的冻梨。客人通常会吃一会儿瓜子，口干舌燥之际，再啃上一个冻梨，清凉解渴，回味不尽。

小孩子们会在棉衣兜里揣上个冻梨到屋外玩，跑累了，闹热了，会从兜里掏出个冻梨来啃。零下二三十度的气温，小孩子的鼻涕流出来都能冻成冰棍，再吃上一口冻梨，那滋味，过瘾得很。现在回想起来，也就是那个年代，也就是东北的小孩能整出这个吃法。可是这样吃孩子们也不生病，说来也怪。

也有坐在热炕头吃冻梨的时候，通常是在晚饭后，天黑了，没法在外边玩了。这种情况下，会越吃越冷。下边热，上边冷，边吃边打寒战，吃到最后，上下牙会不受控制地乱磕，这也表明吃到位了。

啃冻梨的习惯多年保留下来。现在，无论什么季节，母亲的冰箱里通常都会冻上一些梨子，我随去随吃。母亲也知道，我现在不缺水果吃，可是舍不掉这一口。

现在自己冻的梨子没有小时候吃的黑了。我想，可能是用的梨子质量好吧，但是，真的吃不出小时候的味道了。

啃冻梨，或许只是为了找找儿时的记忆。

冻柿子

走遍全国各地，东北有一种特产独一无二，那就是冻柿子。

柿子冻了也就是坏了，那还能吃吗？东北人告诉您，不仅能吃，还特好吃呢！

吃冻柿子是东北过年的传统项目。小时候在东北老家，过年基本上吃不上啥水果。买几个苹果主要是上供用的，孝敬祖宗的。主要的水果就是冻梨、冻大柿子，一般要在年前买上几玻璃丝袋子冻梨和一点冻大柿子，因为冻梨便宜一些。

在零下几十度的天气里，冻柿子硬度超高，摔在地上都不会坏，只会泛一点白。就是这般硬度，小孩子们照样在室外拿着冻柿子啃，而且还炫耀有的吃。

离家求学在外，每到冬天里，便不自觉地想起这一口，有时会流口水。放寒假回家，老妈首先会端出一大盆冻柿子，当然是缓好的。这缓冻柿子也有窍门，要把里面的冰逼出来，用热水是不行的，必须用凉水。

其实，刚刚缓好的冻柿子吃起来口感最佳，能咬动，也凉爽。说句实在话，冻柿子比鲜柿子好吃多了，小时候最爱吃这口。

在北京工作后，便少有吃柿子的机会了。老妈从老家搬过来，在夏天的时候也都能吃上柿子，因为有了冰箱。老妈会把买来的鲜柿子洗干净，放在冰箱的冷冻室里，过几天就可以吃冻柿子了，那味道还是家乡味。

今年春节，母亲又提前用冰箱制作好了冻柿子。初一和家里人吃完饭后，老妈又端上一盆冻柿子来。这可真是及时雨呀，不由分说抄起来连吃两个，浑身通透，精神抖擞。儿子见状也吵着要吃。四岁的孩子还真未吃过这东西，我们还担心他不爱吃。结果儿子吃起来津津有味，吃得满脸都是，不亦乐乎。

临走时，老妈把剩下的都打包给我们带上了，回到家我还和儿子一连吃了几天。当然，主力军是我了。我便也想着，春天来了，能不能在院子里栽上棵柿子树，等结了柿子不吃，冻了再吃，那有多美多奢侈啊！

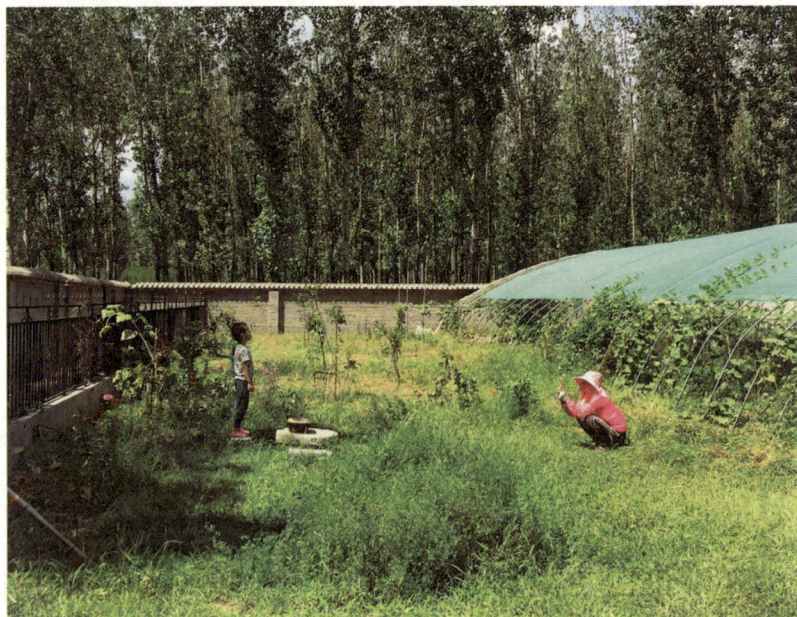

2015年种心居平面及实景图

南瓜	芦荟		仙人掌
	玉米		
冬瓜	冬瓜	南瓜	黄豆	黄豆
葫芦	大蒜		冬瓜
南瓜	冬瓜	南瓜	豆角	豆角
玉米	土地瓜	土豆	黄豆
玉米	粘玉米		
玉米	大叶菠菜		
玉米	番茄	大叶菠菜	美国芦笋
玉米	春菜 / 包菜 / 韭菜	大蒜	
葫芦	大葱		
玉米	香菜	濑瓜	黄秋葵
葫芦	黄秋葵		
玉米	菠菜	小葱	青蒜	秋葵

果树林

草坪区

小广场区

室外烧烤区

休息间

阳光棚

过道

后　记

　　从2014年3月9日到2015年3月8日，一年来，几乎每周都要到农庄报到。劳动之余总要拍点照片，做点记录，写点体会。间或勾起对东北老家的深深回忆，也便写下一些小文章。按照时间顺序，遵循春夏秋冬，把周记与回忆文章作了适当排列，形成此书。在此，特别感谢北京师范大学出版集团孙祥君、刘冬、陶虹等各位的精心编辑。

　　最后，还想说说一年来最感动我这个城市农夫的六个关键词：土地、四季、杂草、野花、绿色和童年。

　　土地，是多么寻常，以至于我们生活在其上，却常常忽视它的存在。生活在城里，走在柏油路或石头广场上，住在钢筋混凝土的楼中，更是很少直接接触土，更别提用手去摸它、用鼻子去闻它了。土地的手感、土地的味道对很多人来讲是熟悉而又陌生的。农民最爱土地，因为土地是他们庄稼的承载、生活的来源。实行井田制、公田与私田相关联，颁《天朝田亩制度》、追求凡天下田天下人同耕，实行联产承包责任制、分田到户，土地一次次改变着中国这个农业社会。一年来，我和土地走得如此之近，甚至超越了我在农村生活的十八年。去除地里的石头砖块，一遍遍翻整，一遍遍除草，一遍遍浇灌，摸着土地让人踏实，闻着土地沁人心脾。和土地走得有多近，对生命的理解就有多深。年复一年，日复一日，一茬茬庄稼从土地中长出来，不知疲倦地提供人类以食粮，无怪乎称大地为母亲。这一年，我深深地向土地致敬！

　　四季的轮回风雨不误，春夏秋冬不会考虑人们的心情。种地的一年让我更熟悉了四季，尊重了四季。说句实在话，每天在城市中上班下班，往往忽略了季节。只是天热了想起减衣物，天凉了想起加衣物，至于何时立春、立夏、立秋、立冬并不关心。种起地来不关心季节是不行的，春种夏除秋收冬储，植物的生长状态随时提醒你季节的变换。一阵春风吹来，田地解冻了，忐忑地陆续地种下各种种子，慢慢地娇嫩的芽儿从土里钻出来，令人兴奋，令人激动，令人充满希望。像照顾孩子一样照顾它们，看它们一天天长大。夏季是炎热多雨的，人烦植物喜，各种小苗在夏季里疯长。一周不见，葫芦就能爬满墙头，小白菜就能开出娇黄的花来，着实让人感受生命的速度。一场秋雨一场凉，渐渐地有的植物开始谢幕了，是它们人生的谢幕，秋季既有收获的喜悦，也有与植物惜别的悲凉。冬季来临，一场霜几乎摧残所有植物，生命要休息了，一切都静了下来。老话说人生一世草木一秋，道理何其相似啊！

　　"倘若有什么植物妨碍了我们的计划，或是扰乱了我们干净齐整的世界，人们就会给它们冠上杂草之名。可如果你本没什么宏伟大计或长远蓝图，它们就只是清新简单的绿影，一点也不面目可憎。"英国博物学作家理查德·梅比在他的《杂草的故事》的开篇如是说。种地的过程，很多时候是在与杂草做斗争。在农大的眼里，杂草就是敌人。杂草不用浇水、无需施肥便能茁壮成长，很快便繁茂一片。它们的种子往往很多很多，能够随风自由飘洒，何时有条件就何时扎根发芽。有时除去它们的茎叶，只要把根留住，就一定会再发新芽。怪不得人们常说要"斩草除根"。记得刚刚种这片地时，特别希望看到小苗，于是乎对早早冒出来的杂草也分外欣喜手下留情，看着干黄的土地上点点翠绿，确也觉得它们是"清新简单的绿影"。可是，几场雨后，这些杂草便不再简单了，它们开始三维扩张，最后只见杂草不见苗，于是一场场小苗保卫战进行中。在这个社会里，每一个人又何尝不是视别人为杂草或被视为杂草呢？只是，我们有时缺少杂草的精神。

野花也算是杂草的一类吧，只不过它能给人们带来清新简单的绿影。儿时记忆中老家草甸子上的野花各种各样，总是在季节到来时顽强怒放。上小学时每个班级门前都有个花坛，同学们要负责种花、浇水。种的基本都是小野花，一个暑假过后，野花们开得都很猖狂。想到院子里还有地没种菜，便想种出点野花来。于是专门到花鸟鱼虫市场买了一大包野花组合种子撒了下去，种子很多出芽的较少，看来这些花不够野，生命力不够顽强。刚开始没理它们，突然有一次过去看，在草丛中居然冒出几朵小花来，一下子给院子带来一抹靓丽。这些小花，成为我手机拍摄的重点对象，远拍微拍仰拍俯拍，洗出照片挂在墙上，存进电脑放在桌面上，反复欣赏着，感觉比城里街边浓密得不真实得盆景花漂亮多了。野花们开了谢、谢了开，从春天一直坚守到严冬，直至生命最后一刻，哪怕被冻枯萎了，也在扬着笑脸。

绿色是大自然的本色，但对今天的我们来说珍贵而奢侈。在繁华的都市中，满街的绿色植物常常会被罩上一层灰土，使绿色黯然，往往被人们忽视。想要绿色出行，自行车道、人行道也时常被机动车占用，更何况要呼吸着大量的汽车尾气。追求绿色有机食品，去超市看一看，价格比普通货物高出几倍甚至更多。在某一日逛超市专门留意一下，一个拳头大的圆白菜售价19.65元，两个拳头大的红南瓜售价79.89元，一片薄薄的绿冬瓜售价18.45元。按照这样的价格算，我种的一个大冬瓜要值五六百元了。这还不是钱的问题，关键的是吃到的东西是否真有机、真绿色。种了一年的菜我认识到，完全不施化肥不打农药，菜的产量一定不高，小虫儿一定会把菜咬。

童年是人的一生永恒的回忆，愉快幸福的童年必将奠定幸福之基。这一年来，儿子在欢度着他的童年，我在不断反刍着自己的童年。我的童年是和原野自然紧密地联系在一起的，是充满着无拘无束的各种玩乐的，草甸牧马、野地放鹅，池塘泡澡、河沟摸鱼，春挖野菜、秋摘野果，和泥摔炮、蛛网捕蝶……而我的儿子，似乎只有各种电子玩具与之相伴。农庄的一年，某种程度上改变了儿子童年的型态。他在阳光下的小泳池中戏水，有林中的小鸟相伴；他在田地里采摘蔬菜瓜果，有芳香的泥土相伴；他推着城里带来的玩具小车，有蚂蚱、蛐蛐相伴；他在草地里奔跑，有和煦的风儿相伴。我的孩子，在这里你就是一个追风逐绿、无忧无虑的小小少年。

种地的一年，让我的生命多了一个维度，多了一种体验，多了很多的思考和感悟。我觉得，这样的生活更有颜色了，更有厚度了，更有温度了。